光文社文庫

文庫書下ろし／長編時代小説

夢幻の天守閣

上田秀人

光 文 社

この作品は光文社文庫のために書下ろされました。

目次

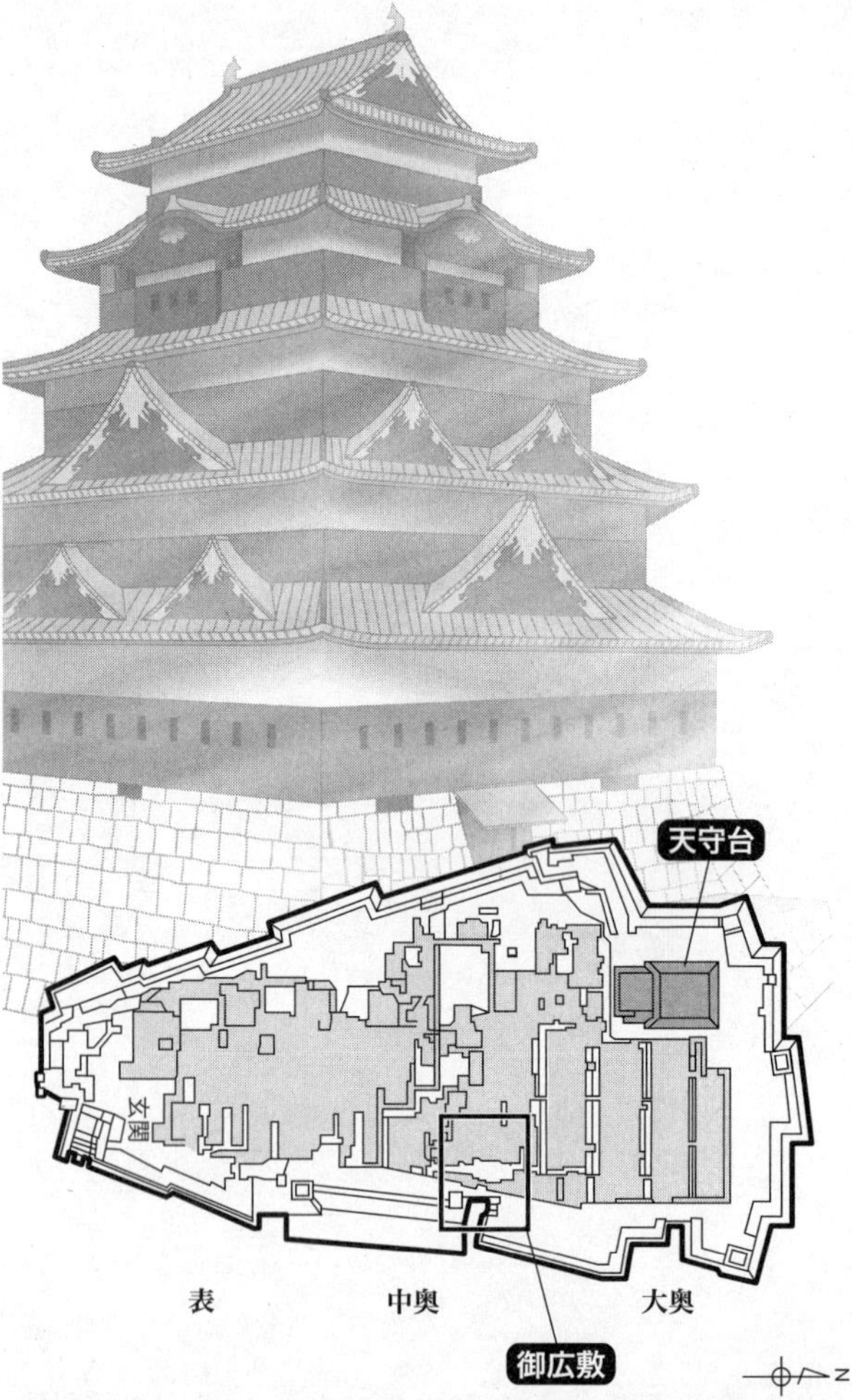
天守台
玄関
表
中奥
大奥
御広敷
N

天守台は大奥からすぐの場所にある。奥女中たちの勤務後の住居は、下図のようになっていた。将軍によって大奥の構造は大きく変わり、下図は家綱から綱吉にいたる際の大奥の図を推量して作成したもの。線の細かい部分は廊下。それ以外の細かく分かれている部分が部屋。長局が普通の女中たちの共同宿舎で、上局は上位女官の部屋となる。

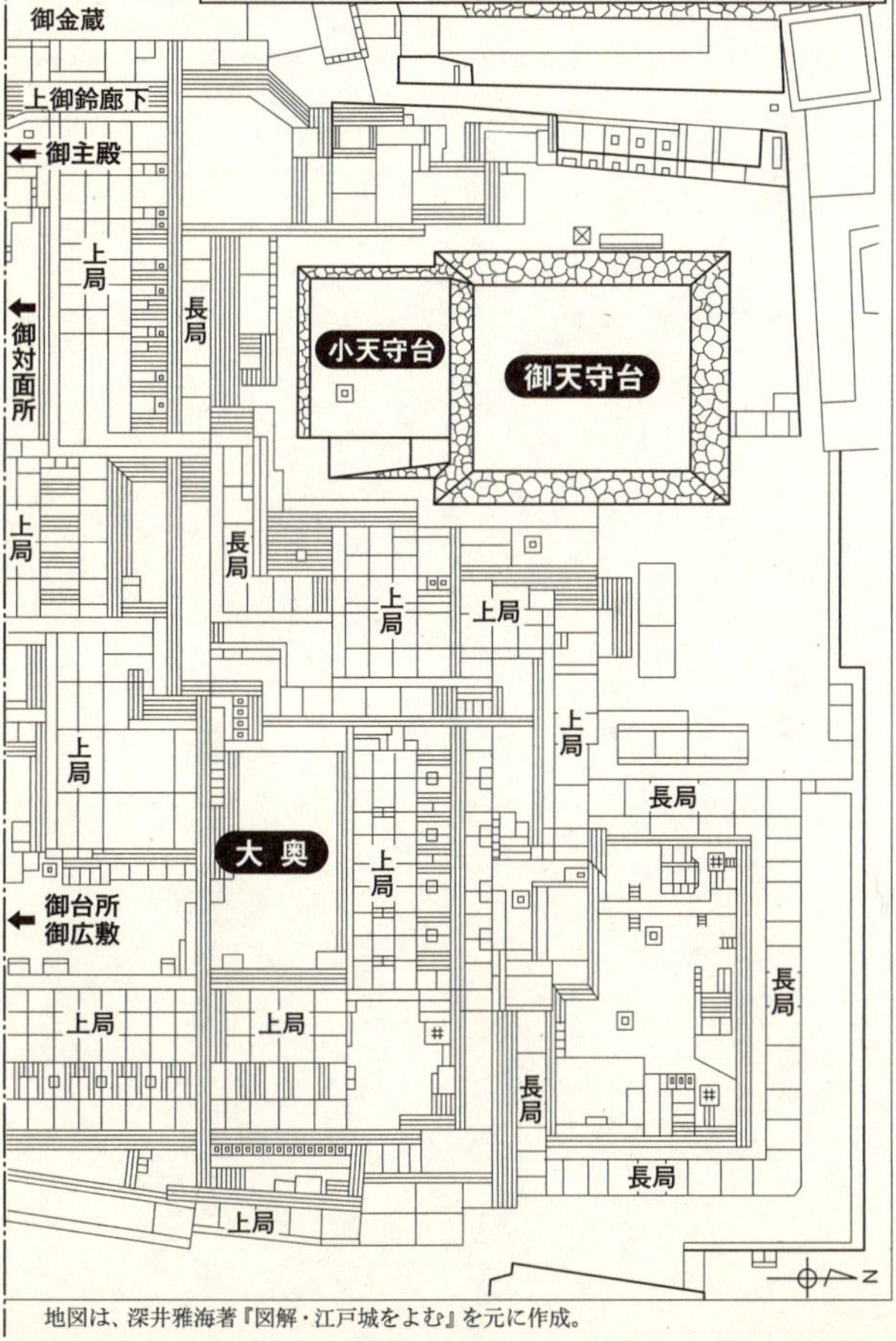

地図は、深井雅海著『図解・江戸城をよむ』を元に作成。

夢幻の天守閣

夢幻の天守閣　主な登場人物

工藤小賢太《くどうこげんた》……家禄四百石工藤家の当主。小普請。御天守番のときに天守台で襲撃者を撃退。その剣の腕を買われて、御広敷添番となり家綱の側室であったお満流の方付きとなる。家綱の死後、落飾して円明院となったお満流の方について桜田御用屋敷へ。円明院の死去とともに、小普請になり、妻帯して家庭を持つ。

満流《まる》……工藤小賢太の妻女。

沙代《さよ》……工藤小賢太の長女。

小市郎《こいちろう》……工藤小賢太の長男。

順《かず》……工藤小賢太の次女。

子平《しへい》……工藤家の小者。

真里谷円四郎《まりやえんしろう》……無住心剣術の達人。工藤小賢太の弟弟子でもある。

北野薩摩守《きたのさつまのかみ》……もと大留守居。天守番だった工藤小賢太の剣の腕に目を付け、家綱の子どもを懐妊していたお満流の方に付ける。

柳沢保明《やなぎさわやすあきら》……出羽守。側用人。

徳川綱吉《とくがわつなよし》……徳川幕府第五代将軍。

第一章　流れる日々

一

無役の旗本《はたもと》というのは、表向きいなかった。役目を与えられていない旗本はすべて小普請組《こぶしんぐみ》に配された。小普請組とは、その名のとおり城の壁の塗り直し、門扉《もんぴ》の穴埋めなどの細かい修繕を担当する。といったところで、刀を振り回すのが本職の武士に、大工や左官の仕事などできはしない。そこで、職人を雇う金を供出させることで役目をはたさせていた。

石高《こくだか》によって変化はするが、おおむね百俵につき一両二分、これを七月と十一月に分けて小普請金納役へ納めなければならなかった。

役目に就《つ》いたことで与えられる加増や役料はなく、代わりに小普請金という名の役金《やっきん》を支払わねばならない。あからさまな待遇の差は、小普請組入りを恥とし、役付から小普請へ異動することを懲罰とし、落ちたとまでいわれていた。

赤城下《あかぎした》に屋敷を構える工藤小賢太《くどうこげんた》は、御広敷御用屋敷用人《おひろしきごようやしきようにん》から小普請へ移されて年月が経った。

「切っ先がまだ高い」

長女沙代《さよ》の構えを見た小賢太が、注意を与えた。

「すみませぬ」

すなおに沙代が切っ先を下げた。

「女が遣う薙刀《なぎなた》は、攻めではなく身を守るためのもの。敵を倒すことより、傷を受けぬことこそ、肝要。切っ先を低くすれば、敵の死角である足下を狙いやすい。また、臑《すね》を狙われているとわかれば、敵も踏みこみにくくなる」

「はい」

沙代が首肯《しゅこう》した。

「理解できたならば、来い」

説明を終えた小賢太が促した。

「やあああ」

甲高い声をあげた沙代が薙刀を後ろへ引き、左足を踏み出しながら小賢太の臑を払いに来た。

「……よし」

軽く跳んで娘の一撃をかわした小賢太が褒めた。

「足を狙われたら三つしか対処はない。一つは父が見せたように跳ぶ。続いて、後ろへ下がって避ける。最後は太刀で薙刀を受け止める」

小賢太が語った。

「さて、どれが悪手かわかるな」

「受け止めるでございますか」

「そうだ。太刀と薙刀では、間合いも違うが、なにより刀身の厚みの差が大きい。薙刀のほうが当然だが厚い。まともにぶつかれば太刀が負ける。戦いの最中に刃先が欠けたり、刀身が曲がれば、そこで終わりだ。わかるな。一撃を太刀で止める相手ならば、さして怖くはない。もちろん、油断してはならぬがな」

正解を口にした娘に、小賢太が解説した。

「では、もっとも恐るべき相手はどれだ」

質問を小賢太が続けた。

「上に跳ぶでしょうか」

目の前で父がそうしたのだ。娘が答えたのも当然であった。

「違うぞ」

小賢太が否定した。

「上に跳ぶのは、良手とはいえぬ。上に跳んで避けても、まだ薙刀の間合いにいる。そのうえ、跳んでいる途中では、たいした動きもできぬ。かわした薙刀の返す刃に対応できるとは限らない。対して、後ろに下がれば、少なくとも追撃はない。どころか、反撃の機会を窺《うかが》える」

「……申しわけありませぬ」

沙代が情けなさそうな顔をした。

「知っていればいい」

うつむき加減になった沙代を小賢太は慰めた。

「そなたは、父が来るまでの刻《とき》を稼いでくれるだけでいい。まちがっても倒そうなどとするな。室内すべてをその間合いに収める薙刀は、前へ出ぬ限り、鉄壁の守りを誇るからな」

「はい」

沙代が強くうなずいた。

「よし。もう一度だ」

小賢太が、木刀を構えた。

「お願いいたしまする」

薙刀を沙代が引いた。

「……そろそろ夕餉《ゆうげ》の刻限でございますよ」

いつのまにか縁側に出てきていた妻が少しの間二人を見守り、ほほえみながら小賢太へ声をかけた。

「よし。これまで」

「ありがとうございました」

親娘が互いに礼をした。

「父《とと》さま」

庭へ幼い長男が駆け下りてきた。

「わたくしも、わたくしも」

たどたどしい口調で長男がねだった。

「小市郎《こいちろう》には、まだ早い。習いごとは六歳からと決まっている」

「でも……」

幼い長男は納得しなかった。

「それより、空腹ではないのか」

「……お腹がすきました」

長男がすぐに興味を移した。

「小市郎、こちらに来なさい」

妻の満流《まる》が、長男を呼んだ。

「頼むぞ」

小賢太は長男を妻に預け、汗をかいた身体を拭うため、庭伝いに井戸へと向かった。

「なにごともなくここまでこれた。もう、大事ないか」

肌脱ぎになって井戸の水を浴びながら、小賢太は呟《つぶや》いた。

二

この九月三十日に改元があり、貞享《じょうきょう》五年（一六八八）は元禄《げんろく》元年となった。これは昨貞享四年第百十三代の東山天皇《ひがしやま》が践祚《せんそ》されたことによった。

「柳沢出羽守保明《やなぎさわでわのかみやすあきら》に一万石を加え、側用人《そばようにん》とする」

十一月十二日、将軍綱吉《つなよし》の寵臣《ちょうしん》柳沢保明が大名に列した。

「お心かたじけなく存じまする」

お礼言上のため、御休息の間に伺候《しこう》した柳沢保明を、真剣な表情をした五代将軍綱吉が出迎えた。

「わかっていると思うが、ただで一万石をくれてやる気はない」

「承知いたしておりまする」

柳沢保明が手をついた。

「一同、遠慮《ひと》せい」

綱吉が他人払いを命じた。

「…………」

詰めていた小姓《こしょう》組、小納戸《こなんど》組の旗本たちが、無言で御休息の間を離れた。

「ふん」

唯々諾々《いいだくだく》と従う小姓組、小納戸組を見送った綱吉が鼻を鳴らした。

「面従腹背《めんじゅうふくはい》とまでは言わぬ。しかし、あのうちの何人が心から躬《み》に尽くしているやら」

綱吉が嘆息した。

「あやつらが忠誠を誓っているのは、躬《み》ではない。将軍という地位だ」

吐き捨てるように綱吉が言った。

「上様……」

「知っているか、出羽」

いたわしげな柳沢保明へ、綱吉が意地の悪い顔をした。

「あやつらのなかに、甲府《こうふ》へ通じている者が何人かおる」

「…………」

柳沢保明が沈黙した。

「知っていたか。さすがは出羽だ。躬と出羽、その両方に知られている。なんともまあ、情けない者よな」

綱吉がおかしそうに笑った。

「躬が将軍になって、まだ十年にもならぬ。それであるにもかかわらず、躬を裏切り、甲府宰相《さいしょう》にすり寄る。なぜだか、わかっておろう」

「……上様にお世継ぎがおられませぬゆえ」

辛そうに柳沢保明が答えた。

「そうだ。躬の血を引く男子《おのこ》がいない。今、躬に何かあれば、六代となるのは甲府だ。そのために、今から恩を売っておこうという……愚か者にしてはなかなか頭を使っている」

兄であった四代将軍家綱《いえつな》に、跡継ぎがなかったことで館林藩《たてばやし》から本家へ呼び戻された綱吉には、最初世継ぎがいた。徳松《とくまつ》と名付けられた男子は、綱吉が将軍となったあと、館林藩主の座を継ぎ、さらに将軍世子《せいし》として、西の丸へ入った。

いずれ六代将軍と期待されていた徳松だったが、天和《てんな》三年（一六八三）わずか五歳で夭折《ようせつ》した。以降、綱吉の血を引く男子は誕生していなかった。

「紀州にやった鶴は、いまだに子をなさぬ」

綱吉の娘鶴姫は、貞享二年（一六八五）に紀州藩主綱教《つなのり》のもとへ嫁いでいた。

「鶴に男子が生まれれば、躬の跡継ぎにできるのだが……」

大きく綱吉が嘆息した。

「いざとなれば、鶴の婿である綱教を西の丸に入れるつもりにしておるとはいえ、鶴との間に子ができねば、躬の血筋は絶える」

綱吉が難しい顔をした。

「上様はまだお若くあらせられまする。まだまだお世継ぎのことをお考えなさらずとも」

柳沢保明が慰めた。

「そう願ってはおるが、なぜか子ができぬ。毎夜のように大奥へ入り、女どもへ精を注いでいるにもかかわらずだ」

苦く頬をゆがめながら、綱吉が続けた。

「坊主どもは、躬の前世が悪いという」

「そのようなこと、あろうはずはございませぬ」

はっきりと柳沢保明が否定した。

「もし、上様が前世での業《ごう》が深いというならば、将軍という位を極める地位にお就きになられるはずなどございますまい。上様は前世で徳を積まれたからこそ、天下人となられました」

「……そうだの。そうでなければおかしいわの」

柳沢保明の言葉に、綱吉の表情が明るくなった。

「躬の前世に問題はない。となれば、なぜ、子ができぬのであろう」

「上様にご問題がないとなれば……」

最後まで柳沢保明は口にしなかった。

「女どもに原因がある」

「…………」

否定の声をあげないことで、柳沢保明が肯定した。

「伝《でん》は、徳松と鶴を産んだぞ」

綱吉が異《い》を唱えた。

伝とは、幕臣小谷正元《こたにまさもと》の娘で、綱吉がまだ館林藩主であるころからの側室である。もとは侍身分でさえない黒鍬者《くろくわもの》の出であったが、その美貌に惚れこんだ綱吉が、たってと望み、父親を旗本身分にして召した。綱吉の寵愛は深く、側室のなかでは別格の扱いを受けていた。

「無礼を承知で申しあげまする。お伝の方さまは、そろそろお褥《しとね》を遠慮なさらねば……」

「……歳だと……たしかにそうだが」

はっきりと言わなかった柳沢保明に綱吉が苦笑した。

「まあよい。躬もまだ役に立たぬわけではない。焦らずともよかろう」

「……さようでございまする」

返答に困っていた柳沢保明が同意した。

「ただ……」

綱吉がふたたび表情を険しくした。

「気になる噂《うわさ》を耳にした」

「噂を」

柳沢保明が首をかしげた。

「うむ。近う寄れ」

綱吉が柳沢保明を呼んだ。

寵臣といえども、御休息の間上段には許しなく足を踏み入れられない。柳沢保明が上段の間、綱吉の左隣に膝をついた。

「外まで聞こえぬとは思うが、もそっと頭をこちらへ出せ」

綱吉がささやいた。

「…………」

そこまで気を遣うことかと、柳沢保明が緊張した。

「小姓の一人が、躬に申したのだが……」

「上様、よろしければ……」

主君の話を寵臣が遮《さえぎ》った。

「誰から聞いたかは、勘弁せよ。でなくば、もう躬と話をする者はいなくなる」

訊かれることを推測した綱吉が釘を刺した。

「承知いたしておりまするが、上様に、不確かな噂をお聞かせするようなまねをいたすようでは、お側に置いておくというわけにも」

「わかっておる。話を聞いてから判断せい。それでもそなたが知りたいと言うならば、教える」

柳沢保明の進言に綱吉が告げた。

「はい」

しぶしぶながら柳沢保明が認めた。

「心配するな。そやつのこと、気に入ってはおらぬ」

「おそれいりまする」

柳沢保明を綱吉が気遣った。

寵臣にとって、新たな側近の誕生はうっとうしい。主君の寵愛の量は決まっている。一人ならば天下の権を思うがままにできる。だが、それが二人、三人となれば、与えられる権も少なくなる。

どころか下手をすれば、寵愛を奪われて放逐《ほうちく》されることもありえる。

柳沢保明の危惧《きぐ》は当然のことであった。

「四代将軍家綱公の血筋が生きていると」

「それはっ」

話の内容に柳沢保明が驚愕《きょうがく》した。

「ありえませぬ。家綱さまの血を引くお方は、どなたも残っておられぬはず」

柳沢保明が否定した。

「うむ。躬もそう思っておった。だがな、死を確認できておらぬ子供が一人おると申すのだ、そやつはの」

「上様、先ほどのお約束を破るようで申しわけもございませぬが、その話をした者は、どこにおりましょう」

柳沢保明の顔色が変わっていた。

「どうした……」

綱吉が寵臣の変化に驚いた。

「聞き流せる噂ではございませぬ。もし、噂が本当なれば、六代将軍はそのお方にとなりましょう」

「なにを言うか。六代将軍は、五代将軍たる躬の血を引く者に決まっておろうが」

綱吉が反論した。

「それは違いまする」

はっきりと柳沢保明が首を振った。

「……違うだと」

唯々諾々と従ってきた寵臣の否定に、綱吉が息を呑んだ。

「幕府には、決して侵すべきではない不文律《ふぶんりつ》がございまする」

「なんのことだ」

綱吉が尋ねた。

「神君家康《いえやす》公のお定めになられた将軍継嗣《けいし》は長幼《ちょうよう》の序《じょ》に従うというものでございまする」

「それがどうしたというのだ。現将軍は躬であるぞ」

将軍に勝つ者などいない。綱吉は胸を張った。

「上様は、家綱さまのご養子であらせられまする」

「うむ」

柳沢保明の指摘に、綱吉はうなずいた。

これも決まりであった。将軍は天皇と同じく万世一系《ばんせいいっけい》でなければならない。そのため傍系から将軍になるときは、どのような親戚関係、従兄弟《いとこ》であろうが、兄弟であろうが、すべて親子という形になる。

そう、新将軍は前将軍の養子になり、その結果将軍は直系で相続されているという形を取ることができている。

「養子は実子よりも継承順位が下がりまする」

「それは……」

これも決まりであった。でなければ、血の正統という問題が薄れてしまう。

「もし、家綱さまのお子さま、和子《わこ》さまがおられたとしたら……」

「躬は将軍を譲らねばならぬ……というか」

「…………」

確かめるように言った綱吉に、柳沢保明が無言で首肯した。

「そのような馬鹿なことが……」

綱吉の反発も尻すぼみになった。

「ただ幸いなのは、家綱さまのお血筋は大奥におられないということでございまする」

「大奥にはおらぬな。それがどうした」

柳沢保明の言うことに、綱吉が怪訝《けげん》な顔をした。

「正統だという主張が弱まりまする」

「……偽者だと」

綱吉が柳沢保明を見た。

「大奥はそのためにございまする。将軍の子は、大奥でお生まれになり、お育ちになるもの」

「たしかにそうだが、躬の子は二人とも館林で生まれたぞ」

綱吉が首をかしげた。館林藩主から将軍になった綱吉には、男女二人の子供がいた。

「徳松君は大奥へお入りではございませなんだ」

柳沢保明が述べた。

綱吉の嫡男《ちゃくなん》徳松は、変わった経緯をもって将軍継嗣となった。綱吉は館林藩主から将軍となったが、徳松はそのまま神田《かんだ》館に残された。なんと徳松はまだ二歳で父の跡を継いで館林の藩主になったのだ。

二歳で藩主になる。これは異常であった。

過去幕府は、藩主急死でやむを得ず幼い子供に跡を継がせたいという願いを踏みにじってきた。七歳にいたらない幼児の相続を認めず、大名を改易《かいえき》してきた。三代将軍家光《いえみつ》の弟で幕政参与の大任を与えられた保科肥後守正之《ほしなひごのかみまさゆき》の尽力で、末期《まつご》養子が認められ、問答無用の取り潰しは減ったが、それでも二歳の藩主など通るはずもない。

それを館林に認めた。これは悪《あ》しき前例である。だが、そうせざるを得なかった。なぜならば、徳松の正統性が認められなかったからだ。

綱吉は三代将軍家光の子供である。大奥で生まれ、元服《げんぷく》して別家するまで江戸城にいた。だから、なんの問題もなく西の丸に入れた。

だが、徳松は神田館で生まれ、そこで育った。まちがいなく綱吉の子、いや、家光の孫との保証がない。そのため、徳松はすんなり西の丸へ入ることができなかった。

だが、徳松は綱吉の子供には違いない。それをまず証明するために、迂遠《うえん》ながら綱吉の後の館林藩を相続させたのである。

館林藩は家光の子供を分家させるために作られた。つまり、家光の子孫でなければ、藩主になれない。そこの藩主になったのだから徳松は、家光の孫である。家光の孫ならば、将軍候補になれる。

よくもまあここまで強弁したものだが、この手順を経て徳松は、西の丸へと移動した。結果、家光の子孫でなければ相続できない館林藩は、跡継ぎを失い、解体された。

そう、綱吉は吾が子を西の丸へ入れるため、館林二十五万石を犠牲にしたのだ。もっとも館林藩の家臣たちは、そのほとんどが幕臣へと復籍、被害を受けたのはごく一部ですんだ。

そこまでして六代将軍の最有力候補となった徳松は死に、将軍継嗣はふたたび空位となった。

「ならば安心だな。大奥でさえ生まれていなければ」

綱吉がほっとした顔をした。

「いいえ」

はっきりと柳沢保明が否定した。

「徳松さまが前例となっておりまする。大奥へ入っておられないお方でも、ご一門の藩主を経られれば、西の丸さまに」

「…………」

今度は綱吉が沈黙した。

「躬がそのような者の藩主就任を認めなければよい」

「反発を買いましょう」

「躬は将軍である。躬が認めなければ、御三家といえども家督《かとく》相続はならぬ」

真実であった。家督相続は幕府に届けを出した後、将軍に目通りをすませることで終わる。もし、綱吉が目通りを許さなければ、家督は宙に浮いた。

「上様、それはなりませぬ」

はっきりした声で柳沢保明が告げた。

「なぜじゃ」

「失礼ながら上様は傍系から入られましてございまする」

「ふん」

もっとも嫌なことを言われた綱吉が、鼻を鳴らした。

「だが、将軍だ」

「はい。上様に逆らう者はおりますまい」

「ならばなんの問題もないではないか」

綱吉が変な顔をした。

「たしかに、表だって上様に意見する者はおりますまい。ですが、裏では……」

「裏ではなんだというのだ。はっきり申せ」

綱吉が苛立った。

「仕事を遅らせる。しなくなる。わざと曲解し、結果を変える」

「な、なんだと」

予想もしていなかった答えに綱吉が絶句した。

「そうなれば、政《まつりごと》は停滞し、天下は乱れましょう」

「それは許されぬぞ」

綱吉が真剣な顔をした。

「儒学《じゅがく》によれば、天下は徳ある者が治めたとき安寧《あんねい》であり、徳なき者が政をなしたとき乱れるという。天下が乱れては、躬が徳なき者となるではないか」

ひどく綱吉が焦った。

綱吉は若い頃から学問を好んだ。いや、耽溺《たんでき》した。

館林二十五万石といったところで、政はすべて付けられた優秀な家臣たちがおこない、綱吉は飾りであった。

朝から晩までなにもしなくても藩はまわる。することがない。いや、なにもさせてもらえない。こうなったとき藩主は、暇つぶしを探す。女であったり、酒であったり、書や絵画、将棋、囲碁など趣味に走る者が多いなか、綱吉は学問をした。

「お血筋でなくば、我が学統をお譲りしたものを」

幕府儒官であった林鳳岡《はやしほうこう》が、そう言ったほど綱吉は儒教、とくに朱子《しゅし》学をよく学んだ。

兄家綱に儒学の進講をしたこともある綱吉である。その価値観はすべて朱子学に基づいていた。

綱吉にとって徳なきという評価はなんとしても受け入れがたいものであった。

「手を抜いた者は罰する」

綱吉が宣した。

「すべてを咎《とが》められれば、役人は一人もいなくなりまする」

「そこまでは……」

「いいえ。役人という者はそうなのでございまする、私を含めて」

否定しようとした綱吉に柳沢保明が告げた。

「己の権益を、いえ、役目の利益を守るのが役人でございまする」

柳沢保明が断言した。

「己の権益はわかるが、役目の利益とはなんだ」

綱吉が尋ねた。

「役得と申すものでございまする。その役目に就けば、かならず手に入れられる利。たとえば、長崎《ながさき》奉行の役得は大きいことで知れておりまする」

「どのようなものだ」

先を綱吉が促した。

「国を閉じている我が国唯一の開港場所が長崎でございまする。そこを監督するのが長崎奉行。すなわち長崎へ入ってきた異国の船、もの、人を管理いたしまする。そのなかで大きいものが、入ってきたものでございまする」

「唐物《からもの》と呼ばれるやつじゃな」

「さようでございまする。唐物は我が国では産せぬもの、あるいは異国の珍しい文物でございまする。なかには二度と手に入らぬような貴重なものもございましょう。好事家《こうずか》にとってそれらは喉から手が出るほど欲しい。どれだけの金を積んでも手に入れたいと考えるもの」

「それはわかる」

珍しいもの、目新しいものを綱吉も好んでいる。

「それら珍品を長崎奉行は、思うがままにできるのでございまする」

「意味がわからぬ。説明せよ」

綱吉が命じた。

「長崎奉行には、唐物がご禁制のものでないかどうか調べる権利がございまする」

「それはわかる。切支丹《キリシタン》のものなど入ってきては大変だからな」

柳沢保明の言いぶんに綱吉がうなずいた。

「これをお調べものと申しますが、長崎奉行はほとんどただ同然の金で、そのなかのいくつかを取りあげるのでございまする。船主も、長々と調べられるよりはましと、文句をつけませぬ」

「…………」

「そして取りあげたものを、大坂《おおさか》あるいは江戸などで高く売る。その差額だけで在任中に数万両をこえるとか」

「なんということじゃ」

さすがの綱吉も絶句した。

「ただちに止めさせねばなるまい」

綱吉が憤《いきどお》った。

「これが役得。これがなくなれば、誰が長崎などという遠隔地に喜んで行きましょうや」

「しかしだな」

「長崎奉行だけではございませぬ」

さらに咎めようとした綱吉を、柳沢保明が抑えた。

「なんだと……」

「勘定《かんじょう》奉行、町奉行、諸国の代官、郡代《ぐんだい》、遠国《おんごく》奉行すべて」

「それくらいならば、交代させられる」

「寺社《じしゃ》奉行、奏者番《そうしゃばん》、若年寄《わかどしより》、老中《ろうじゅう》」

「馬鹿な。老中にも役得があるというか」

「さらに側用人、御側御用取次《おそばごようとりつぎ》、はい、わたくしも役得を得ておりまする」

柳沢保明が告げた。

「ば、馬鹿なことを申すな」

絶対の信用をおいている寵臣の告白に、綱吉が顔色を変えた。

「わたくしは上様のお引き立てをいただきました。当然、上様のために働いており

ます る。上様に無理をおかけせぬようにいたすには、政が回りやすくいたさねばなりませぬ」

「うむ。そなたはよくやっておる」

綱吉が認めた。

「では、わたくし一人でできましょうや」

「……無理だの」

「情けないことではございますが、上様の御用を成し遂げるには、色々な者の手を借りねばなりませぬ」

「ああ」

綱吉が同意した。

「もちろん、その者どももお役目でございまする。誠心誠意務めねばなりませぬ。上様のお側近くにおる者は、そのことをよくわかっておりますが、末端の御家人《ごけにん》などにとって上様はお顔を見たこともない雲上人《うんじょうびと》。気持ちが入らなくなるのは無理もないこと。それをやる気にさせるには、それだけのものを用意せねばなりませぬ」

「なにを言うか。役目には役料などがある。それ以上を求めるなど論外である」

柳沢保明の話に、綱吉が怒った。

「上様、旗本、御家人が過不足なく生活《たつき》をなしているとお考えでございましょうや」

「禄があるのだ。やっていけるだろう」

綱吉が言った。

「いいえ、できておらぬ者のほうが多うございまする」

はっきりと柳沢保明が否定した。

「なぜだ」

「物価は年々あがりまするが、禄は増えませぬ」

「禄が減っていると同じだと」

綱吉は勉学を趣味とするだけあって、頭がよい。すぐに柳沢保明の言いたいことを理解した。

「ご明察でございまする。では、足りなくなった禄をどういたしましょう」

「役料をあてにするしかない。役に就かぬ限り加増はない」

「はい。しかし、役目は旗本、御家人の数よりはるかに少のうございまする」

「奪い合いになる。となると金だな」

「…………」

声に出しては肯定できない。無言で柳沢保明が首肯した。

「金を遣って役目を得たならば、それを取り返そうとする。いや、より大きな役得を得るため、立身を狙う。それには金が要る。あるいは、その役目で融通できることを代償にするしかない。その役得を捨てるようなまねはせぬか」

綱吉が苦く頬をゆがめた。

「旗本ども全員の禄を増やしてやれれば、役得など取り払えるが、それだけの金が幕府にはない」

「ございませぬ」

柳沢保明が首を縦に振った。

「なんとかせねばならぬな。躬が幕府を立て直す」

綱吉が強く宣した。

「ご立派でございまする」

柳沢保明が平伏した。

「上様のなさる政こそ、幕府百年の計でございまする」

「うむ」

持ちあげられた綱吉が喜色《きしょく》を浮かべた。

「上様には政に邁進《まいしん》いただかねばなりませぬ。万一にも上様のお心を煩《わずら》わせるようなことがあってはなりませぬ。それを芽のうちに摘み取るのがわたくしの役目でございまする」

「うれしいことをいう」

寵臣を綱吉が褒めた。

「ゆえに、お願いを申しあげまする。上様に要らぬ噂を語った者をお教え願いたく。その噂をしっかりと調べ、根も葉もない噂でありましょうが……」

最後まで柳沢保明は言わなかった。

「わかった。躬にその話をしたのは、小姓の間嶋《まじま》じゃ」

「間嶋光四郎《こうしろう》でございますか」

「そうだ」

念を押した柳沢保明に、綱吉が首肯した。

三

柳沢保明が綱吉のお気に入りになったのは、貞享元年（一六八四）八月の二十八日のことだ。この日、江戸城は月次《つきなみ》登城で在府の大名すべてが登城、城内は混雑を極めていた。

そんな江戸城で大老堀田《ほった》筑前守《ちくぜんのかみ》正俊《まさとし》が、若年寄の稲葉《いなば》石見守《いわみのかみ》正休《まさやす》によって刺殺された。御用部屋前での争闘は、多くの人の目の前で繰り広げられた。

「逃がすな」

堀田筑前守に斬りつけた稲葉石見守は、その場で老中大久保《おおくぼ》加賀守《かがのかみ》忠朝《ただとも》らによって討ち取られた。

大老に若年寄が斬りつける。そして斬りつけた若年寄を老中が討つ。

異常もここに極まれりであった。それこそ江戸城は上を下への大騒ぎになり、大事件に老中まで恐慌状態になった。

だが、綱吉に報告しなければならない。現場となった老中の執務部屋である御用部屋と綱吉の居室御座《ござ》の間は、隣同士である。

老中大久保加賀守は、綱吉へ報告するため、御座の間へと駆けこんだ。そのとき焦った大久保加賀守は、手に稲葉石見守を斬った懐刀を持ったままだった。

血相を変えた老中の姿に、他の小姓、小納戸が何も言えず、見送ろうとしたなか柳沢保明だけが声をあげた。

「加賀守さま、なりませぬ」

「なにをっ」

語気鋭く制した小納戸に、老中が怒気《どき》を露《あら》わにした。

「御前でございまする。右手のものを」

小役人なら近づくことさえ畏《おそ》れ多い老中に、小納戸が注意をした。

「右手……あっ」

言われて目を落とした大久保加賀守は、ようやく己の手がしっかりと血刀《ちがたな》を握っていることに気づいた。

「…………」

大久保加賀守が、血刀を御座の間の外へと放り投げた。

「これでよいな、小納戸」

「お手数をおかけいたしました」

確かめる大久保加賀守に、柳沢保明はしっかりと手をついて見せた。

「ふむう」

その遣《や》り取りを、一つ離れた上《かみ》の間で綱吉が見ていた。

「胆力《たんりよく》、常人ならざる」

こうして柳沢保明はお気に入りになった。

もちろんこれだけでは、柳沢保明は将軍が目を掛けた小納戸で終わっただろう。出世したところで小姓組頭までだったはずだ。それが従五位《じゆごい》下出羽守で一万二千石の側用人まであがれたのは、綱吉の寵臣筆頭だった堀田筑前守正俊が死んだからであった。

四代将軍家綱の跡継ぎ問題で、幕閣が宮将軍《みやしようぐん》に傾いていたとき一人反対しただけでなく、綱吉を将軍継嗣にねじ込んだのが堀田正俊であった。

堀田正俊こそ、五代将軍綱吉の誕生の大恩人、そう、三代将軍家光における春日局《かすがのつぼね》と同じであった。

綱吉の信頼と寵愛は、一人堀田正俊に集中し、わずか二万石の小名《しようみよう》を大老で古河《こが》十三万石の大名にまで押し上げた。

その堀田正俊が城中で殺された直後に、柳沢保明は見いだされた。

もともと一人を偏愛するくせがあったのだろう。綱吉はいなくなった堀田正俊の代わりにと柳沢保明を寵愛した。

「上様の御世《みよ》が永遠に続けばよいが……そうはいかぬ。となれば、なんとしてもお血筋にお継ぎいただかねば柳沢家の栄達が潰《つい》える。もし、甲府公が六代となられれば、柳沢は排除される。そうならぬために、なんとしても上様のお血筋を」

綱吉の前から下がった柳沢保明が独りごちた。

「百六十石でしかなかった柳沢家をここまでにしていただいたのだ。上様のお望みはすべてかなえさせていただかねばならぬ」

「側用人さま……なにか」

独り言を口にしている柳沢保明に、小姓が怪訝な顔をした。

「間嶋はどこだ」

「光四郎でございましたら、本日は非番でございまする」

問われた小姓が答えた。

「屋敷はどこであったか」

「たしか、元飯田町《もといいだまち》から二合半坂《にごうはんざか》を上った突きあたりだったと」

小姓が告げた。

「田安《たやす》御門を出てまっすぐということだな」

「さようでございまする」

確かめた柳沢保明に、小姓が首肯した。

「助かった」

寵臣は妬《ねた》まれる。少しでも敵は増やすべきではない。柳沢保明は、軽く頭を下げて礼をした。

「いいえ」

あわてて小姓が恐縮した。

「少し離れる。上様がわたくしをお呼びになられたならば、出羽はすぐもどりますると な」

「承《うけたまわ》りました」

「頼む」

柳沢保明は、御休息の間を出た。

堀田正俊の刃傷《にんじょう》は御用部屋の前でおこなわれた。将軍居室の御座の間の隣で、流血沙汰があった。下手人が若年寄とはいえ、そこまで刃物を持った者が入りこんだ。それが大きな問題となった。それこそ、いつ刃が将軍に向かうかも知れないのだ。

そこで幕府は、将軍の安全を確保するため、居室を御用部屋の隣御座の間から、少し奥まった御休息の間へと移した。

「狭い」

当初御座の間よりもかなり小さな御休息の間に、文句を言っていた綱吉だったが、人というものは慣れる。

また御座の間よりも大奥に近いということもあり、最近は居室を戻せと言わなくなっていた。

ただ、御休息の間から、役人たちの出入り口でもある納戸御門までは遠い。

「お坊主衆」

途中で柳沢保明は、目についたお城坊主を呼び止めた。

「これは出羽守さま」

お城坊主が小腰を屈めた。

「蘇鉄《そてつ》の間に行き、我が家の留守居《るすい》役を呼び出してくれ」

「はい」

一礼してお城坊主が小走りに駆けていった。

蘇鉄の間は、各大名の留守居役たちが詰める部屋である。江戸城中において、唯一陪臣のために用意された部屋であった。

留守居役は寄合《よりあい》旗本、大名の家臣で、幕府や他家との交渉を担当する。柳沢保明も、大名になってから留守居役を、蘇鉄の間に控えさせるようにしていた。

「あちらで」

蘇鉄の間の隅でお城坊主が待っていた。

「大儀《たいぎ》であった。充斎《じゅうさい》どのであったかの」

「わたくしのようなものの名前を」

側用人に名前を確認されたお城坊主が喜んだ。

「家中の者に申しておくゆえ、一度我が屋敷に来てくれるよう」

「あ、ありがとうございまする」

薄禄のお城坊主たちは、城中で役人や大名の雑用をこなしてもらう心付けで生活している。金をくれない者の仕事はしないか、遅らせる。とはいえ、老中や側用人などの権力者相手に、そんな手抜きはできない。金にならなくても優先しなければ、首が飛ぶ。

その権力者から、屋敷まで金を取りに来いと言われたのである。お城坊主が喜ぶのも当然であった。

「殿」

お城坊主から離れた柳沢保明のもとへ、留守居役木島内膳《きじまないぜん》が近づいてきた。

「内膳、今から二合半坂突きあたりの旗本間嶋光四郎のもとへ行き、今夜六つ半(午後七時ごろ)屋敷まで来てくれるように伝えて参れ」

「ご用件を問われましたならば、どのように」

「なにもいわず、来てくれとだけな」

「わかりましてございまする。では」

木島が去った。


側用人の役目はほとんど午前中だけで終わる。将軍に目通りを願う役人は、午前中に来るのが慣例であり、政務も昼までで終わるからである。あとは将軍の雑談につきあったり、趣味の手伝いをするくらいで、夕餉が出る前には退く。ただし、柳沢保明にだけは、これが適用されなかった。

綱吉がお気に入りをなかなか手放さないからであった。

大奥へ行くときは、上《かみ》のお鈴《すず》廊下まで見送ればいい。このときは早い。将軍の大奥入りは格別なことがないかぎり、暮六つ(午後六時ごろ)となっているからだ。

世継ぎをなにより欲している綱吉は、徳川家の祖先の忌日《いみび》でないかぎり、大奥へ通うようにしている。

「では、お休みなさいませ」

御休息の間を出て大奥へと向かう綱吉の背中に深々と頭を下げた柳沢保明は、急いで屋敷へと戻った。

柳沢保明の屋敷は、常盤橋《ときわばし》御門のなかにあった。江戸城の内郭《うちぐるわ》に屋敷を与えられるのは、一門か老中などの執政だけである。また、この屋敷を与えるについて、綱吉のお成りがおこなわれている。将軍が家臣の屋敷へ行く。これからみても、どれほど柳沢保明を綱吉が寵愛しているかがわかった。

「お待ちでございまする」

屋敷に帰った柳沢保明を木島が出迎えた。

「早いな。まだ六つ半ではなかろうに」

柳沢保明が驚いた。

「まあよい。そのほうがこちらも助かる。一の客間か」

「はい。お茶をお出ししておりませぬが、よろしゅうございましたか」

客を迎える側にはいろいろと対応があった。

綱吉のお成りのように最上級の歓待をする場合から、冬でも火のない部屋へ通し水も出さず放置しておく場合まで、用件と相手で変わった。一の客間で茶も出さぬ。これは、格下の客への対応として妥当なものであった。

「それでよい。間嶋の様子はどうだ」

「なんどもご用件を訊かれましてございまする。最後は、殿のご機嫌はいかがかと」

木島が告げた。

「そうか」

柳沢保明がほくそ笑んだ。

将軍の寵臣という老中よりも力を持つ側用人の呼び出しである。小姓という名門だけが就ける役目を与えられる旗本といえども気になる。

「もう少し焦《じ》らすかの。茶をくれ」

着替えを手伝っていた近習《きんじゅ》に、柳沢保明が命じた。

小半刻《こはんとき》（約三十分）ほど茶を楽しんだ柳沢保明が、一の客間へと入った。

「いや、呼び出していながら、待たせてすまぬな」

「いいえ、御側用人さまには、ご多忙の段、重々承知いたしておりまする」

間嶋があわてて首を振った。

「おぬしもいつも精勤《せいきん》じゃ」

「畏れ入りまする」

褒められた間嶋が頭を下げた。

「上様からも、おぬしの名前をよく聞く」

「………」

間嶋が黙った。

将軍が個人の名前を寵臣に教える。これは、善悪のどちらかであった。気に入っているから、面倒を見てやれというならばいい。望外の出世もある。しかし、あの者は気が利かぬなどと言われていれば、左遷される。

「本日もおぬしの名前が出ての」

じっと柳沢保明が間嶋を見た。

「ご先代さまのお血筋を知っているそうじゃの。それを余《よ》にも教えてくれぬか」

「それは……」

思わぬ問いに、間嶋が息を呑んだ。

「わたくしは、う、噂を耳にいたしましただけで、詳細は……」

「どこで誰から噂を聞いた」

ごまかそうとした間嶋を、柳沢保明は逃さなかった。

「ことがことである。噂ですませてよい問題ではない。上様のお心に波風を立てて許されるはずはなかろう。小姓は上様をお守りするのが仕事であるぞ」

厳しく柳沢保明が叱りつけた。

「申しわけございませぬ」

間嶋が小さくなった。

「言え」

冷たく柳沢保明が命じた。

「は、はいっ」

こうなると終わりである。間嶋がすべてを語った。

「そなたの朋輩《ほうばい》で御広敷番をしていた者が、そう言ったのだな」

「さようでございまする。家綱さまのご側室円明院《えんめいいん》さまとお生まれになられた姫さまのご遺体を誰も確認していないと」

間嶋が首肯した。

「将軍家ご側室の死であるぞ。いや、姫さまのご逝去となれば、検死がでたはずだ」

柳沢保明が疑問を呈した。

「ときの大留守居《おおるすい》さまが、桜田《さくらだ》御用屋敷用人より報せがあったとして、手早く葬送なされたらしく……」

「なぜそんな法外《ほうがい》が通ったのだ……」

柳沢保明が呆然《ぼうぜん》とした。

「……側用人さま。わたくしは」

間嶋が柳沢保明を窺うように見た。

「ああ、ご苦労であった。もう帰ってよい。言わずともよかろうが、今宵の話は他《た》言無用《ごんむよう》である。よいか、なかったのだ。今宵、儂《わし》とそなたは会っておらぬ。当然、話もしておらぬぞ」

「重々承知いたしております」

釘を刺した柳沢保明に間嶋が大きく首を縦に振った。

なかったとなれば、間嶋が噂を綱吉に話したということも咎《とが》められない。

「ごめんくださいませ」

柳沢保明の気が変わらないうちにと、間嶋が急いで去っていった。

「甘いの。噂は拡がるものだ。いや、拡げるものよ」

一人になった柳沢保明が口の端《は》をゆがめた。

「あぶり出すには、噂を拡げるに限る。家綱さまのお血筋を隠した者にしてみれば、噂の拡散は恐ろしいはずだ。噂が聞こえたら、動き出すはずだ」

柳沢保明が腕を組んだ。

「その前に、円明院さまの死を担当した大留守居を調べねば……奥右筆《おくゆうひつ》にさせるか」

右筆は幕府の記録を管轄する役目である。誰がいつ家督を継いだとか、老中が出した法令の写しなども扱った。

その右筆を綱吉は信用していなかった。なにせ、酒井雅楽頭《さかいうたのかみ》の命で宮将軍の先例を引き出したのだ。そこで、綱吉は、己が信用をおける右筆を館林から数名呼び寄せ、奥右筆として重用していた。

「いや、まだ奥右筆はそれほどの力を持っていない。古い記録も右筆が管理している。ふむ。誰か一人釣るか」

柳沢保明が独りごちた。

「もし、お血筋さまがおられるとなれば……」

柳沢保明が呟いた。

「上様のために、消えていただかねばなるまい。……上様のためにな」

暗い決意を柳沢保明がした。

四

真里谷円四郎《まりやえんしろう》の木刀が少しずつ下がっていった。

「…………」

合わせて工藤小賢太も切っ先を下段に降ろした。

「はああ」

常と変わらない強さで円四郎が息を吐いた。

「えいっ」

小賢太は、気合いを浴びせた。

「おう」

静かに円四郎が受けた。

二人の間合いは、仕合《しあい》を始めたときと同じ、三間《けん》（約五・四メートル）のままであった。

無言での対峙が続いた。

すっと円四郎が左足を前へ出した。

「くっ」

苦い顔を小賢太は浮かべた。

「参った」

小賢太は木刀を右手だけで背中へ回し、円四郎へ向けて一礼した。

「どうなったのだ」

「わからぬ」

道場の壁際で二人の仕合を見ていた弟子たちが、首をかしげた。

「お見事でございました」

にこやかに笑いながら円四郎が、小賢太を褒めた。

「勘弁して欲しいものだ。この歳で恥をかかされるのは辛い」

大きく小賢太がため息を吐《つ》いた。

「もう剣術などろくに稽古もしておらぬのだ」

「いえいえ。まだまだ工藤さまの腕は十分に通用いたしまする」

円四郎が近づいてきた。

「勝負にもならなかったではないか」

愚痴を言う小賢太へ、見ていた弟子たちがうなずいた。

「それがわかられた」

小賢太へそう言った円四郎が、表情を変えた。

「おまえたちは、吾のなにを見ていたのだ」

円四郎が弟子たちを叱りつけた。

「無住心剣術《むじゅうしんけんじゅつ》の極意はなんだ」

一人の弟子へ円四郎が問うた。

「相抜《あいぬ》けでございまする」

弟子が答えた。

「相抜けとはなんだ」

「戦わずして相手を制すること」

「たわけが」

円四郎が怒鳴った。

「そのようなまねがそうそうできるはずもなかろうが。それこそ始祖夕雲《せきうん》師でも無理じゃ」

弟子たちを円四郎があきれた目で見た。

「工藤さま」

円四郎が小賢太を見た。

「拙者にさせるのか」

小賢太が目を剝《む》いた。

「わたくしは話すのが苦手でございまする」

あっさりと円四郎が上座へと戻っていった。

「まったく……」

小賢太が弟弟子の態度にあきれた。

「まあ、稽古の束脩《そくしゅう》だと思っていただければ」

上座から円四郎が言った。

「わかった」

小賢太が降参した。

もともと小賢太は針ヶ谷《はりがや》夕雲の弟子であった。

「儂にあと五年の寿命があれば、一廉《ひとかど》の剣術遣いに育てられたものを」

死の床で針ヶ谷夕雲が悔やんだほど小賢太は将来を嘱望《しょくぼう》されていた。針ヶ谷夕雲の死後、剣統を継いだ小田切一雲《おだぎりいちうん》に預けられ、そこで印可《いんか》を受けた。その後、父の失策で工藤家が格を旗本から御家人に落とされたこと、それを悔やんで早死にした父の跡目《あとめ》を相続したことなどがあり、剣術の修行に専念できなくなり、小賢太は剣術遣いの道から外れた。

「円四郎どのからの願いゆえ、拙者が話をさせていただこう」

小賢太は道場の壁際に居並ぶ弟子たちを見回した。

針ヶ谷夕雲の創始した無住心剣術は、小田切一雲の隠居に伴い、その高弟真里谷円四郎へと移っていた。

「儂に教えるものはもうない」

真里谷円四郎に相抜けで二度目の敗退を喫した小田切一雲はその場で出家、弟子と道場を譲って隠居していた。

その影響で、小賢太も真里谷円四郎のもとで稽古をすることになっていた。

「戦わずして勝つ。相抜けはそう考えられやすい。だが、違う」

小賢太は一度だけ、小田切一雲と相抜けを経験していた。

「一刀流《いっとうりゅう》の威《い》の位《くらい》を知っているか」

「はい」

小賢太の問いに弟子の一人が答えた。

「威の位は大上段に構え、一撃必殺の意志をもって相手を射竦《いすく》める。その気迫に呑まれた者は、蛇に睨《にら》まれた蛙《かえる》のごとく、身動きがとれなくなり、ただ敗退するだけになる。これが一刀流の極意である。実戦でなければ、威の位は戦わずして勝ちになる。相手はなにもできず、ただ負けを認めるだけになるからの」

ていねいに小賢太は説明を続けた。

「だが、無住心剣術の相抜けは違う。はっきりと言えば、わかりにくい。相抜けを経験できるほどの腕にならねば、わからぬ」

「それは……」

興味をもって身を乗り出していた弟子たちが、落胆の声をあげた。

「一つだけ、教えてやろう」

そんな弟子たちに、小賢太は言った。

「工藤さま」

「どのようなことでございましょう」

弟子たちが腰を浮かせた。

「ふふふ」

その様子を真里谷円四郎がほほえんで見守った。

「頭のなかで戦え」

小賢太が告げた。

「……頭のなか」

「えっ……」

弟子たちが困惑した。

「おぬしたちもしているではないか、いつも」

わかりにくいだろうと、小賢太が付け加えた。

「いつも……」

一層、弟子たちが悩んだ。

「剣を構えたとき、こういこうとか、こう来られたら受けて、そこからどう反撃しようとか考えているだろう」

「それならば」

ていねいに言った小賢太に、弟子たちがうなずいた。

「相抜けは、それの極地だ。ずっと頭のなかで剣をかわし、勝てるか、負けるかを見極める」

「なるほど」

「まちがえるなよ。格上の相手にやって、勝てないと感じるのは相抜けではないぞ」

安易に納得しかけた弟子に小賢太は忠告を与えた。

「相抜けは極意である。ここから先は、修行で知れ」

真里谷円四郎が、最後を締めくくった。

「今日の稽古はここまでとする。一同、礼」

「ありがとうございました」

上座から発した真里谷円四郎に、弟子たちが頭を下げた。

「工藤さま、どうぞ」

真里谷円四郎が、道場の奥、居住部屋へと小賢太を誘った。

「うむ。ではの」

弟子たちに手を振って、小賢太は真里谷円四郎に従った。

「かたじけのうございました」

居室に入った真里谷円四郎が、礼を述べた。

「まったくだ。束脩をもらいたいくらいだぞ」

小賢太が苦笑した。

「どうも話をするのは苦手でございまして」

真里谷円四郎が情けない顔をした。

「困った道場主だ」

小賢太が嘆息した。

天性の才を持つ者にありがちだが、真里谷円四郎は説明が苦手であった。

「なぜこんなことができないのだ」

弟子が修行の壁にぶつかったとき、真里谷円四郎は首をかしげるだけであった。

なにせ、生まれてこのかた剣術で困ったことなどない。

「どうすればよいのかわかりませぬ」

壁にぶつかった弟子が、苦悩しても助言してやれない。

「一心に修行せい」

そうとしか言わない師に、弟子も困惑する。江戸一と言われる腕を持ちながら、相変わらず道場が貧しいのは、弟子の数が増えないからである。

「是非一門にお加えいただきたく」

真里谷円四郎の剣名を慕って、毎日のように入門希望者は来る。と同時に辞めていく弟子もいた。

「師匠のことで懲りたであろうが」

「はい……」

情けなさそうに真里谷円四郎が頭《こうべ》を垂《た》れた。

かつて小田切一雲と真里谷円四郎の伝承をかけた戦いの立ち会いを小賢太は求められた。剣術を志す者にとって、流派の継承をかけた勝負を間近で見られる喜びは大きい。勇んで引き受けた小賢太は、勝負のあとで後悔をする羽目になった。

弟子と師匠の間には、技術や技をこえた壁がある。弟子は腕で師匠を抜き去ろうとも、生涯尊敬の念を失わず、相手をたてる。これが流派を継ぐ者の姿勢である。

それが真里谷円四郎にはできなかった。

小賢太の前で立ち合った二人は、無住心剣術の頂点を極めている。木刀を持って撃ちあうようなことはない。対峙したまま、小半刻近く微動だにしなかった。

「………」

試合を邪魔しないように、道場の壁際で息を呑んで見守っていた小賢太は、真里谷円四郎が動いたことに気づいた。

「勝ちましてござる」

真里谷円四郎が勝利を宣言した。

「つっ……」

その瞬間小田切一雲の顔がゆがんだ。

「……流派をくれてやる」

そう言った小田切一雲が、真里谷円四郎の礼を受けることなく、背を向けた。

「儂は隠居する」

そう告げて小田切一雲は道場を去り、そのまま仏門へ入った。

以降、小田切一雲は道場へ顔を出すこともなく、人とのつきあいも絶ってしまった。

「円四郎どのよ」

それを知った小賢太は、真里谷円四郎に意見をした。

「わかっております る」

真里谷円四郎も後悔していた。

「おぬしは剣一筋に来すぎた。人づきあい、いや、気遣いというものを忘れすぎだ」

「はあ。ですが、真実を告げるのがまことでございましょう。あの場でわたくしが参ったと言えば、師は満足されましたか」

忠告した小賢太に真里谷円四郎が抗弁した。

「師のことだ。嘘をつかれて喜ばれはせぬ。機嫌を悪くなさるだろう」

小賢太にとって師は針ヶ谷夕雲であるが、師亡き後の面倒を見てくれた小田切一雲も師匠に違いない。いや、小田切一雲に師事していた期間のほうが長い。

小賢太も小田切一雲の性格をよく知っていた。

「ならば、わたくしはまちがっておりませぬ」

真里谷円四郎が胸を張った。

「まちがってはな。ただ、世間はそれで通らぬのだ」

大きく小賢太はため息を吐いた。

「では、どうすればよかったのでございますか」

多少のいらだちを含めた声で、真里谷円四郎が問うた。

「頭を下げて、かたじけのうございましたと言えばよかったのだ」

「礼を……」

真里谷円四郎が怪訝な表情をした。

「勝った者が礼を」

「ふううう」

まだわからないといった真里谷円四郎に小賢太は天を仰いだ。

「教え諭《さと》していただいた過去へのお礼でござる」

「あっ……」

言われて真里谷円四郎が唖然《あぜん》とした。

「師に勝つ。弟子にとって、それは目標でござる。そして師にとっても慶事。己の教えがまちがっていなかったことの証《あかし》でござれば」

「…………」

真里谷円四郎がうつむいた。

「一雲先生が、勝ち負けに気づかぬはずなどございますまい。十分に、いや、円四郎どの以上に勝負をよくおわかりであったでしょう」

「はい」

小さな声で真里谷円四郎が同意した。

「師に恥をかかさぬのが、弟子の務め。あのまま対峙を続けていたら、師が先に剣を退《ひ》かれたでしょう。それをさせてはならぬのでござる。師の名前を守るのも弟子の務めでござろう」

小賢太が意見をした。

「それ以上の無礼を……わたくしはしてしまった」

ようやく気づいた真里谷円四郎が落ちこんだ。

「今さら、師のもとへお詫びになど行かれますな。それこそ、師を追いうつことになるゆえ」

兄弟子として、小賢太は真里谷円四郎を説教した。

あれから数年経った。だが、真里谷円四郎は変わっていなかった。

「江戸で一番の道場も夢ではないというに」

小賢太は真里谷円四郎のやり方にあきれていた。

「はあ」

曖昧《あいまい》な笑いで真里谷円四郎がごまかした。

「金儲けをせよとは言わぬが、少しは気を遣わねば、道場の維持は難しいぞ。今は入門者が持ってくる挨拶金が多いゆえ、束脩が途切れてもやっていけているが、いずれ、道場も傷《いた》みだす。その修繕費用なども要る。師の道場を思い出せ」

小賢太が諭した。

小田切一雲もまた剣術遣いであった。えてして剣術遣いというのは、技の鍛錬には熱心だが、それ以外についてはほとんど気にしない。

食事など麦飯に漬け物でよく、夜具などなしでも気にしない。衣服が破れていても気づきさえしないのだ。弟子に媚《こ》びを売るなどまちがってもせず、修練に手を抜くようなまねをすれば、それこそ気を失うまで打擲《ちょうちゃく》する。

それでもまだ折り紙《おりがみ》だ、免許だ、皆伝《かいでん》だと許しを出してやれば、続く。だが、無住心剣術は、ものにこだわることを嫌い、印可しかない。行き着くところまで行かなければ、何一つ修行の成果が与えられないのだ。折り紙をもらったならば、免許まで、免許まで来たから印可をなんとかなど、こういった励みになるものがない。

厳しい修行のわりに報いが少ない。やる気が続かないのだ。

小田切一雲の剣名は江戸で鳴り響いていたが、弟子はまったくといっていいほどおらず、その日の食事にも困るような有様《ありさま》であった。

「無駄に広い庭で野菜を作りましたなあ」

真里谷円四郎が、思い出した。

「懐かしんでおる場合ではないぞ。おぬしには弟子を育てる義務がある。そのためには道場を整備し、おぬしも万全でなければならぬ」

小賢太が苦言を呈した。

「剣術とは戦いの技でございまする。道場に穴が開こうが、雨漏りがしようが、実際の戦場よりはましでございましょう。それくらいで修行ができなくなるくらいならば、最初からせぬがましでござる」

真里谷円四郎が堂々と言った。

「……はあ」

さらに小賢太はあきれた。

「弟子は師に似ると言うが……」

小賢太は力なく左右に首を振った。

「当然でございましょう。師の教えを学ぶのでございまする。子が親に似るように、弟子は師のまねをするもの。わたくしが小田切一雲先生に似ているというのは、なによりもうれしい褒め言葉でございまする」

真里谷円四郎が笑った。

「いいや、似ていないところが一つある」

表情を引き締めて、小賢太が右手の人差し指を立てた。

「どこでございましょう」

笑顔を消して、真里谷円四郎が訊いた。

「小田切一雲師には、おぬしがいた。剣統を譲るに値する弟子が。いや、師をこえてくれる弟子がな。だが、おぬしにはおらぬ」

「つっ……」

初めて真里谷円四郎が顔をゆがめた。

「それは、剣統を譲るだけの才を持つ者が、まだおらぬだけでございまする」

真里谷円四郎が抗弁した。

「それもあるだろう。だが、円四郎、おぬし、育てようとしておるまい」

「…………」

指摘されて真里谷円四郎が黙った。

「剣術遣いとして、終生を放浪のうちに終わるならばいい。戦国以来、いくつの流派が、跡継ぎを残すことなく消え去ったかなど、少し剣をかじった者ならば、周知のことだ」

「…………」

「無住心剣術をそうするつもりか」

「くっ」

真里谷円四郎が唇を噛んだ。

「おぬしが譲られたのは、剣の技だけではない。同時に、次代へ無住心剣術の極意を伝える仕事も受け継いだのだ」

「工藤さまも同じでございましょう。工藤さまも印可をお受けでござる。師とも相抜けを経験されている。剣統を継ぐに不足ございますまい」

小賢太に役目を押しつけられると真里谷円四郎が詭弁《きべん》を弄《ろう》した。

「拙者は旗本でござる。旗本は徳川家に仕えるもの。剣統をなによりのものとするわけには参りませぬ」

「柳生《やぎゅう》や小野《おの》の例もございまする」

真里谷円四郎が、将軍家剣術指南を担う柳生と小野の名前を出した。柳生は柳生新陰流《しんかげりゅう》、小野は小野派一刀流の宗家であり、同時に譜代《ふだい》大名と旗本でもあった。

「あれは剣統を得てから、声をかけられた家柄でござる。拙者と一緒にはなりませぬ」

徳川の家臣となる前から流主だったのだ。普通の旗本でしかない工藤とは条件が違った。

「なにより……」

小賢太は真里谷円四郎の反論を封じるために、言葉を続けた。

「拙者はもう剣は究めるものではないと悟ってしまった」

「究めるものではない……では、剣とはなんなのでございまするか」

告げた小賢太に、真里谷円四郎が興味を示した。

「剣とは……愛しい者を守るための道具」

「守るための道具」

真里谷円四郎が繰り返した。

「ああ。もう拙者は剣を守りにしか使わぬと決めたのだ」

小賢太が宣した。

「剣は人を殺す道具であり、剣術はそのための技。それ以外のなにものでもございますまい。守るだけに使うのは、すでに剣ではない」

不満そうに真里谷円四郎が口にした。

「守る者を持たぬおぬしにはわかるまい」

小賢太が寂しそうに告げた。

「勝つためだけに振るう剣は辛いぞ」

「剣の道とはそういうものでございましょう。それに耐えた者だけが、上にあがっていく」

真里谷円四郎が返した。

第二章　寵臣の望み

一

江戸城で表《おもて》以外の中奥《なかおく》、大奥を支配するのは、留守居の仕事であった。諸藩の外交を担う留守居役と名前は似ているが、まったく異なる役目である。

留守居はその名前の通り、将軍の留守を預かり、江戸城を守り固める。老中支配で役高五千石役料千俵、城主格を与えられ、次男まで目通りを許された。五人内外が任じられ、留守居与力《よりき》十騎、同心《どうしん》五十人が付属した。

当初、証人と呼ばれた各大名の人質の管理、江戸から出ていく女たちの手形も扱ったが、それらは他職へ委譲させられ、いつのまにか、権限は形だけのものとなった。

将軍が江戸城から出なくなれば、留守居の役目もなくなり、今では長く務めてきた名門旗本に与えられる名誉職となっていた。

「御留守居はおられるか」

柳沢保明が、御広敷にある宿直《とのい》部屋の外から声をかけた。

「どなたでござる」

襖《ふすま》が開いて、同心が顔を出した。

「……これは柳沢さま」

同心が慌てて、廊下に出て平伏した。

「今日はどなたが宿直番かの」

柳沢保明が問うた。

留守居は、一人が宿直番として、夜通し御広敷に詰めた。これは火事や地震など不意の災害で、将軍が江戸城から離れなければならなくなったとき、残って指揮を執《と》らなければならないからであった。

「今宵は、森田《もりた》土佐守《とさのかみ》さまが当番を務められまする」

同心が答えた。

「お目にかかりたいと伝えてくれ」

「しばし、お待ちを」

同心が宿直部屋へ戻っていった。

側用人とはいえ、城主格とされる留守居には敬意を払わなければならなかった。城主は、大名のなかでも格上になる。一国一城令により、城の数には制限があり、三百諸侯といわれる大名のなかに、七十人ほどしかいなかった。

柳沢保明も綱吉の引きで城主になっている。ただ、城主となってまだ日が浅い。先達《せんだつ》になる留守居には、気を遣わなければならなかった。

「お待たせをいたしました。どうぞ、なかへ」

「ごくろうである」

同心の案内で、柳沢保明は留守居宿直部屋へと足を踏み入れた。

「出羽守どの、ようこそのお見えでござるな」

森田土佐守が、柳沢保明を歓迎した。留守居とはいえ、将軍の寵愛を一身に集める側用人をむげにはあしらえなかった。

「お役目の最中にお邪魔をいたし、申しわけもないことでございまする」

柳沢保明が下手に出た。

「いえいえ。ところで、ご用件はなんでございましょう」

手を振りながら、森田土佐守が問うた。

「八年前、家綱さまのご側室であられた円明院さまのご用を承っておられたのは、どなたでござろう」

「円明院さま……となれば延宝《えんぽう》八年（一六八〇）ごろのお話でございますな。あいにく、わたくしはそのころまだ留守居ではございませなんだ」

森田土佐守が首を左右に振った。

「どなたか、詳しいお方をご紹介願いたいが」

「……三田《みた》」

柳沢保明の求めに、少し考えてから森田土佐守が配下の与力を呼んだ。

「これに」

与力が手をついた。

「そなたは二十年、留守居与力であるな」

「はい」

問われた三田と呼ばれた与力が首肯した。

「存じおるか」

「円明院さまのご用は、たしか大留守居北野薩摩守《きたのさつまのかみ》さまがご担当なされていたと覚えおりまする」

三田が答えた。大留守居とは、留守居の上席にあたり、普段は設置されない。長く役人を務め、とくに功績著しい者だけが就ける。ただし、大名が留守居を任じられるときは、かならず大留守居になった。

「北野薩摩守……もう引退したはずだな」

柳沢保明が言った。

「さよう。先日、老年を理由に隠居したはずでござる」

森田土佐守が続けた。

「まだ存命かどうかは」

「亡くなられたとは聞いておりませぬ」

問うた柳沢保明に、三田が告げた。かつての上司である。万一のおりは、御広敷から弔問の人が出た。

「お邪魔をいたした」

柳沢保明が腰を上げた。

「お役に立てましたかの」

「十分に。ただ、この話は他言無用でお願いいたしたい」

訊いた森田土佐守に、柳沢保明が他人に漏らすなと言った。

「承知いたしております る。皆もよいな」

森田土佐守がうなずき、配下たちを見た。


御広敷を出た柳沢保明は、綱吉のもとへ戻った。

「本日はこのままお暇《いとま》をいただきたく」

「……なにかわかったのか」

「いまだ確定しておりませぬゆえ、お報せは……」

詳細を言える状況ではないと柳沢保明が答えた。

「そうか」

綱吉が残念そうな顔をした。

「わかり次第、ご報告させていただきまする」

一礼して柳沢保明が御休息の間を後にした。

そのまま下城した柳沢保明は、屋敷に戻るなり用人の後藤喜平《ごとうきへい》を呼びつけた。

「もと大留守居だった北野薩摩守を調べよ」

「北野薩摩守さまでございますな。承知いたしましてございまする」

後藤が引き受けた。

用人の後藤は、柳沢家がまだ小納戸だったころから仕えている。新参者《しんざんもの》ばかりの柳沢家では譜代と言えた。

それだけに気心も知れている。重要な用を任せることのできる有能な家臣であった。

「日暮れ前に帰るなど、ひさしぶりじゃな」

綱吉の寵臣として、ずっと側についている柳沢保明である。こんな早くに帰宅することなどない。とはいえ、柳沢保明に休みはなかった。

「殿、大目付《おおめつけ》佐田山城守《さだやましろのかみ》さまがお出《い》でてでございまする」

「山城守どのが……約束していたか」

小姓の報せに、柳沢保明が首をかしげた。

「ご訪問のお約束はなかったかと」

主君の確認に、小姓が答えた。

「やはりな。今日早く戻れたのは、別件のためであった。約束などしようはない」

柳沢保明が首を左右に振った。

「まあ、よい。追い帰すわけにもいかぬ。客間へな」

「一の間でございますか」

「ああ」

柳沢保明が首肯した。

将軍の寵臣には人が集まる。寵臣に取り入って、将軍への推挙を狙うのだ。来客は引きも切らない。それこそ、屋敷の門前に行列ができる。

やむを得ず、柳沢家では、客間を増設していた。一の間、二の間、奥の間と名付けられた客間は、重要な者ほど奥へ通されるようになっていた。

「お待たせしたかの。先ほど帰ったばかりでな。着替えもまだじゃ」

柳沢保明が嫌味を利かせながら、一の間に入った。

「ご多用のところ、突然参りましたことを、まずお詫びいたしまする」

「なに、山城守どののお出でならば、いつでもよいが、なにかござったかの」

頭を下げる佐田山城守に、柳沢保明が世間話もせずに、問うた。

「わたくしの息子のことでございまする」

「山城守どののご子息……存じあげぬな」

柳沢保明が不審な顔をした。

「多門《たもん》と申しまして、今年で三十五歳になりまする」

佐田山城守が語った。

「それが……」

先を柳沢保明が促した。

「いずれわたくしも隠居せねばなりませぬ。還暦を迎えると同時に家督を譲ってやろうかと思うのでございますが、跡を継がせる息子が無役では、いささか不安でございまする。三河《みかわ》以来の名門佐田家の未来のために、息子を役付にしてやりたく」

「…………」

厚かましい願いに柳沢保明はあきれた。

「もちろん、いきなり大目付をなどとは申しませぬ。小姓組頭や書院番頭《しょいんばんがしら》であれば、なによりとは存じますが……せめて大番頭《おおばんがしら》か、御先手《おさきて》組頭に」

「…………」

柳沢保明は無言を通した。

「もちろん、お礼はさせていただきまする。これは挨拶でござる」

佐田山城守が、袱紗《ふくさ》包みを差し出した。

「お約束はできませぬぞ」

「なにとぞ、よしなに」

念を押した柳沢保明に、一礼して佐田山城守が帰っていった。

「次からは、儂は会わぬ」

金額を確かめもせず、柳沢保明は袱紗包みを小姓へ渡した。

「はっ」

袱紗包みを受け取りながら、小姓がうなずいた。

「待て……」

出ていきかけた小姓を柳沢保明が止めた。

「なんでございましょう」

小姓が片膝をついた。目上から声を掛けられて立ったままでは、無礼にあたる。

「さきほどの大目付だが、次も会う」

名前を覚えていなかったことからも、急な心変わりだとわかる。

「よろしゅうございますので」

隣室で様子を窺っていた小姓が確認を求めた。

「うむ。よい。飾りに近い大目付だが、使いようもあろう。甲府公も大名の一人だ。いざというときのために飼っておく」

柳沢保明が首肯した。

二

紀伊《きい》徳川家には恨みがあった。

初代藩主徳川頼宣《よりのぶ》が、兄二代将軍秀忠《ひでただ》から駿河《するが》を取りあげられ、紀州へ追いやられたことである。

「駿河は父家康から譲られた土地である」

頼宣は抵抗した。

「天下の土地はすべて将軍家のものである。誰がどこを領していようとも、それを変えることができる」

幕閣は、聞かなかった。

「家康さまのご遺志をなんと心得る」

「証拠はどこにござるのか。書きものがござれば、拝見したい」

まだがんばった頼宣に、幕閣が要求した。

「……書きものはない。だが、余は直接聞いた。駿河の地、城、人を末代まで与えると」

「話になりませぬな。上様の命に従われぬとあれば、相応のお覚悟をしていただくことになりまするが」

頼宣の抗弁も幕閣の脅迫に潰れた。

数万に及ぶ家臣たちを路頭に迷わすわけにはいかない。

「やむを得ぬ」

頼宣は泣く泣く転封《てんぽう》を受けた。

駿河のような要地から、西方への移動は、通常その補塡《ほてん》として数万石の加増がなされる。まして、頼宣は家康の実子である。それこそ、西国《さいごく》大名への牽制《けんせい》としての移封《いほう》ならば、百万石と大坂城を与えられても不思議ではなかった。

しかし、頼宣は一石の加増もなく、紀州へ追いやられた。それだけではなかった。

太平洋に面した駿河は、年間を通じて温暖で、物成りもいい。実高は倍あった。表高は五十五万石であったが、家康が隠居の地に選んだほどである。対して紀州は温暖であるが、山林ばかりで、耕地が少ない。つまり、実高通りなのだ。さらに、山が海近くまで迫っているため、これ以上の開発も難しい。伸びしろのない土地であった。

それだけならば、まだよかった。紀州は、その領地に根来《ねごろ》、高野山《こうやさん》、熊野《くまの》と有名な寺社が多い。戦国のころ、織田信長《おだのぶなが》と豊臣秀吉《とよとみひでよし》を悩ませた根来衆も紀州にまだある。寺領が多く、領主の強権で年貢を集めるとなれば、簡単に一揆《いっき》が起こる。そして、一揆は失政であり、領主の責任が問われる。

「兄は、吾を殺したいのだな」

ここまでされれば、誰でもわかる。頼宣は、秀忠が吾が子への将軍継承の障害となる御三家を排除したがっていると気づいた。

気の短い頼宣が我慢した。それは家臣たちにも伝わり、皆辛抱した。

幕府の命じた転封とはいえ、その費用はこちら持ちである。引っ越しの費用、新たな城下の整備に伴う出費、駿河で裕福な生活をしていた藩士たちは、たちまち逼迫《ひっぱく》した。

秀忠が将軍からおりたあとも、幕府の紀州徳川家に対する態度は変わらなかった。実父秀忠から疎《うと》まれ、あやうく弟忠長《ただなが》に三代将軍の地位を奪われそうになった家光も同様であった。父を嫌い、秀忠が数十万両をかけて建立《こんりゅう》した天守閣を破壊、あらたに祖父家康が建てたものとそっくりな天守閣に造り替えたほどの家光でさえ、紀州家には冷たかった。

頼宣の態度が悪かったのもたしかであった。兄や甥への尊敬はなく、不満をたたえず見せつける。これでは、好かれようもない。

また家光が死んだ混乱につけこんだ由井正雪《ゆいしょうせつ》の乱も悪かった。由井正雪の才を見抜いた頼宣は、将来の謀反《むほん》を想像することなく寵愛、屋敷への出入りを許しただけではなく、家臣たちの弟子入りを推進した。この結果、頼宣は乱への関与を疑われ、長く国入りを許されなかった。紀州へ帰って、謀反の狼火《のろし》を上げられては困ると足止めされたのだ。

その後頼宣が死に、二代目の光貞《みつさだ》が跡を継いだ。それでも紀州に変化はなかった。家綱も、祖父や父に見習って、紀州を冷遇し続けた。

治めにくい紀州、江戸から遠く参勤《さんきん》交代するにも手間と費用がかかる。しかも、参勤のたびに、かつての領地駿河を通らなければならない。家康が造り、頼宣が譲られた駿河府中《ふちゅう》城を横目に見ながら、江戸へ向かう。その無念さは推《お》して余りある。

それが変わった。

家光の息子でありながら、四代将軍家綱、実の兄から後継者として認められなかった五代将軍綱吉の登場であった。

あやうく宮将軍が誕生し、館林二十五万石という御三家に及ばない大名としての生涯を決めつけられそうになった綱吉は、紀州家と恨みで共鳴した。

「娘をつかわす」

綱吉は長女鶴姫の相手として紀州徳川家の世子綱教を指名した。

紀州家に幸運が舞いこんだ。

五代将軍綱吉には世継ぎがいなかった。正確には、綱吉の一人息子徳松は鶴姫と綱教の婚姻の二年前に夭折していた。

綱吉の、現将軍の血を引くのは鶴姫だけである。その鶴姫を綱教が娶《めと》った。

「綱教さまが、将軍世継ぎになるやも」

紀州家が沸いた。

「血を本家に返すことこそ、御三家の役目」

大義名分もある。紀州徳川家が動き出したのも当然であった。

「鶴は元気にしておるか」

息子を失った綱吉は、鶴姫を溺愛していた。

「吾が娘と同じ、鶴の名を使うことを禁じる」

なにごとも過ぎる性格の綱吉は、娘と同じ名前を庶民が使うことに耐えられなかった。鶴の字に禁制をかけ、鶴の紋の使用を禁じた。

そこまで綱吉は鶴姫にこだわっている。

「お元気でありまする」

登城するたびに呼び出され、息子の嫁のようすを訊かれる。紀州徳川家二代藩主光貞は、辟易《へきえき》しながらも、愛想よく答えた。

「よろしければ、お成りをいただきたく」

綱吉を光貞は招いた。綱吉を上屋敷に呼び、息子綱教と対面させることで、将軍世子として売りこもうとしていた。

「いずれ参ろう」

綱吉も乗り気であった。

とはいえ、将軍が江戸城を出るお成りは、そうそう簡単なものではなかった。寵愛している家臣の屋敷はまだいい。問題は、相手が御三家というところにあった。

「あまり特定の御三家と親しく交流なさるのは……」

「どうしてもと仰せられるならば、まず甲府家へお成りを」

老中たちが綱吉を止めた。

「なぜじゃ」

「上様にお世継ぎがないいま、鶴姫さまの婿である紀州綱教公のもとへお出でなさるのは、世間に要らぬ思惑をもたせまする」

御三家の当主でさえ呼び捨てにする老中が、世子に過ぎない綱教に敬称を付けた。これは綱吉の娘婿への遠慮であった。

「いかぬのか。躬は綱教を西の丸にいれてもよいと思っておる」

綱吉は綱教を跡継ぎにと考えていた。

「それはよろしくございませぬ。上様と綱教公に血の繋がりはございませぬ。これが鶴姫さまのお産みになられた和子さまであれば、なんの問題もありませぬが」

老中たちが反論した。

「紀州も家康さまの血筋である。躬は、外様《とざま》大名を跡継ぎにすると申しておるわけではないわ」

綱吉が機嫌を悪くした。

「重々承知いたしております。ですが、二つ問題がございまする」

老中大久保加賀守忠朝が、首を左右に振った。

「二つ……申してみよ」

綱吉が促した。

「一つ目は、西の丸に綱教公をお迎えした後、上様に和子さまがおできになられたときの問題でございまする。西の丸に入られれば、次の将軍と決まりまする。これを直系のお方がお生まれになったので、排除するというわけには……なにぶん前例がありませぬ」

「躬に子供か」

「はい。上様はまだお若うございまする」

大久保加賀守が持ちあげた。

「豊臣家の二の舞になるか……」

綱吉が呟いた。

豊臣の二の舞とは、秀吉が一度家督を甥の秀次《ひでつぐ》に譲っておきながら、実子秀頼《ひでより》ができるなり豹変《ひょうへん》したことだ。秀次は関白《かんぱく》の座を追われ、高野山へ流されたうえで切腹させられた。これが豊臣の天下を確実にもろくした。

「もう一つはなんだ」

「綱教公に将軍を譲られても、鶴姫さまにお子様ができなかった場合、その次の将軍は、家光さまのお血筋でなくなりまする。もっとも近い将軍家のお血筋が次代を引き継がれなければ、なりませぬ」

「むうう」

言われた綱吉が唸《うな》った。

「はい」

苦い声を出した綱吉に、大久保加賀守が首肯した。

甲府徳川家は綱吉の兄、家光の三男綱重《つなしげ》の系統である。本来は綱吉よりも将軍継嗣たる資格をもっていた綱重だったが、四代将軍家綱よりも早く死んでしまったため、甲府徳川家は五代将軍の座から遠ざけられた。が、現当主綱重の長男綱豊《つなとよ》は、家光の血を引く綱吉の甥であり、紀州綱教よりも正統になる。

「躬の娘婿よりも上だと申すか」

綱吉が憤った。

「鶴姫さまが和子さまをお産みくだされば……」

大久保加賀守が口ごもった。

「わかった。鶴に頼らず、躬が子供を産ませればよいのだな」

「そうしていただければ、なんの問題もございませぬ」

見事に大久保加賀守は、綱吉の紀州屋敷お成りの話をごまかした。

「加賀守」

綱吉が表情を険しくした。

「なんでございましょう」

綱吉のお成りを阻止した大久保加賀守が、安堵《あんど》の表情で応じた。

「ちらと耳にしたのだが、先代の血筋がおるそうじゃの」

「……えっ」

油断していた大久保加賀守が、素で驚いた。

「そ、そのような話をどちらで」

大久保加賀守が慌てた。

「どこでもよい。まことか」

「ありえぬ話でございますれば」

確認を求めた綱吉に、大久保加賀守が首を左右に振った。

「絶対ないのだな」

「先代さまの姫さまはすでに亡くなられたはずでございまする」

大久保加賀守が述べた。

「たしかなのだな」

「そのように聞いておりまする」

「確認いたせ」

「いたしますが、ご存命でも姫さまであれば問題ないかと」

命じられた大久保加賀守が躊躇《ちゅうちょ》した。

「姫は気にしておらぬ。だが、その姫が嫁ぎ、男子を産めばどうする」

「それは……」

大久保加賀守が詰まった。

「姫の相手が、甲府となれば、どうなる」

「…………」

家光の孫と家綱の娘、その間に男子ができたとなれば、綱吉よりも正統に近くなる。大久保加賀守が黙った。

「……甲府さまには、近衛《このえ》家の姫がすでにおられまする。さすがに近衛の姫を離縁して、家綱さまの姫を迎えることはできませぬ」

大久保加賀守が否定した。

近衛家は五摂家《せっけ》の筆頭と言われるほどの名門である。綱豊の正室熙子《ひろこ》の父近衛基《もと》凞《ひろ》は、霊元《れいげん》天皇と合わず、朝廷での影響力は弱いが、代々関白を輩出している名門中の名門である。その姫との離縁は公武に大きなひびを入れる。

「たしかめよ。もし、姫が身分を隠して生きていたとしたら、甲府の側室になるやも知れぬ」

「なぜ死を偽るようなまねを……」

「下がれ」

疑問を口にしかけた大久保加賀守を、綱吉が封じた。

「はっ」

将軍の命である。老中でも逆らえなかった。

深く一礼した大久保加賀守が、御休息の間から退出した。

「まったく保明ほど使える者はおらぬの。老中だ、執政だと偉そうな顔をしおって……」

綱吉が怒った。

「保明を……そうか、今日は下城したのであったな」

寵臣を呼ぼうとして、綱吉が苦笑した。

「奥へ入る」

大奥へ行くと綱吉が告げた。

「ただちに報せを」

小姓が一人、御休息の間を出ていった。

江戸城の主である綱吉だが、大奥では客になる。大奥の主は、将軍の正室御台《みだい》所《どころ》で、綱吉といえども、不意に足を踏み入れるわけにはいかなかった。

将軍が大奥に入るには、前もって報せるのが慣例であり、湯浴みと夕餉もすませておくのが決まりであった。

「行ってくる」

綱吉は御休息の間から、お鈴廊下を通って大奥へ入った。

大奥での将軍居室は御小座敷と呼ばれていた。そこで綱吉は、側室の用意ができるのを待つ。食事はできないが、不思議なことに御小座敷で酒と肴《さかな》は供された。

将軍の相手をする側室は、軽い食事の後、歯磨き、入浴をすませ、身体中をあらためられたあと、白絹の夜着に着替える。

「どうぞ」

そこまで準備ができたところで、御小座敷担当の中臈《ちゅうろう》が、綱吉を寝間へと案内した。

「お情けをいただきまする」

首を絞める武器に使われないよう夜着の帯をはずし、前をはだけた側室が、夜具の裾で両手をついた。

「うむ」

立ったままで綱吉は首肯した。

「…………」

その間も中臈たちが、数人がかりで綱吉の衣服を脱がせた。下帯まで外し、白絹の夜着を後ろからかける。

将軍の夜着の帯もない。

「来い」

夜具に横たわった綱吉が、側室を招いた。

「はい」

側室が夜着を身にまとったまま横臥《おうが》した。

「なんとしても子を孕《はら》め」

綱吉が、側室を抱き寄せた。

三

北野薩摩守は隠居して、止斎《しさい》と名乗っていた。大留守居まで務めたおかげで、長男は大番頭に、次男も書院番として働いている。

隠居した裕福な旗本は、屋敷の隅に隠居場所を建て、短歌や俳句、茶や書などの趣味に浸る。北野止斎も茶を友にしていた。

「ご隠居さま」

集めた茶道具を磨いて悦に入っていた北野止斎のもとに、隠居付き用人がやってきた。

「どうした、甚内《じんない》」

己が当主のころから仕えてくれている家臣に、北野止斎が尋ねた。

「いささか気になることがございまして」

「気になる……」

北野止斎が怪訝な顔をした。

「近隣の屋敷から、いろいろと当家のことを聞き合わせに来ていると」

「聞き合わせだと。我が家の息子たちはすでに嫁を迎えておる。今さら、縁談ではないな」

言われた北野止斎が表情を引き締めた。

「なにを調べているというのだ」

「ご隠居さまが大留守居をお務めのころの話を聞きたがると」

「儂が大留守居のころをか……」

北野止斎が額にしわをよせた。

「で、来ているのはどこの者だ」

「詳しくは語らぬそうでございまする」

甚内が首を左右に振った。

「そやつがどこの者か、確認いたせ」

「すでに」

北野止斎の指示に、甚内が告げた。

「よくしてのけた。わかり次第、報告を」

「承知いたしておりまする」

甚内が首肯した。

「まさかと思うが……工藤に警告を発するか。いや、むやみやたらに緊張を強《し》いるわけにもいかぬ。姫さまには穏やかな日々をお送りいただきたい」

手にしていた茶碗を磨きながら、北野止斎が呟いた。

小普請組に勤務はない。形としては江戸城の小さな修繕を役目としているため、出務する日もあるのだが、大工も左官も何年という修業を重ねて、ようやく一人前に育つ。将軍の居城の修繕を、金槌《かなづち》を生まれて初めて持ちましたという旗本にさせるわけにはいかない。仕事のあるときは、旗本、御家人に代わって職人が派遣されるため、小普請旗本は、ほぼ毎日屋敷にいた。

「あなた」

妻の満流が、小賢太の隣に坐った。

「なんだ」

小賢太が問うた。

「お参りを」

「おう。そうか、今日は八日であったな」

言われて小賢太は気づいた。

「お願いできましょうや」

「もちろんだとも」

満流の確認に、小賢太がうなずいた。

小賢太の妻満流は、もと家綱の側室円明院であった。家綱の側室として寵愛を受

け、その死後桜田御用屋敷で姫を産んだ。とはいえ、将軍の代替わりがあってから の遺児出産である。満流と沙代を亡き者にしようとする動きが起こったのも当然であった。

「このままではよろしくない。お血筋を守らねばならぬ。申しわけないが、お二人は死んだとの体《てい》を取る」

大留守居だった北野薩摩守の指示で、円明院付きの用人であった小賢太が二人の身柄を引き受けた。

八日は四代将軍家綱の月命日であった。それを受けて満流は、毎月八日、家綱の墓所東叡山寛永寺《とうえいざんかんえいじ》に通っていた。

とはいえ、満流と沙代は死んだことになっている。表立って墓所にお参りするわけにはいかない。やむをえず、家綱の墓所を遠目に見られる下谷坂本町《したやさかもとちょう》で手を合わせていた。

次女を抱いた満流と沙代と長男を連れた小賢太は、従者も連れずに江戸の町を進んだ。

「沙代、あまり気を配りすぎるな」

歩きながら小賢太が沙代に注意した。

「小刻みとはいえ、頭があちこちに動けば、周囲に警戒していると教えることになる」

小賢太が説明した。

「では、どうすれば……」

沙代は八歳まで将軍家の姫として生きてきた。それが四百石でしかない工藤家の娘になったのは、己の命を守るためだとわかっていた。

「一カ所を見つめるな。ぼうっと前を見ておけ」

「漠然と見よと」

沙代がすぐに理解した。

「そうだ。見つめると、そこに意識が固まり、周囲の異常に気がつかなくなる」

小賢太が続けた。

「さりげなく見て、全体を目のなかに収めよ。全体の調和を感じておけ。そのなかに異質なものが入れば、いやでも気づく」

「異質なものは、独特な雰囲気を持つと考えて」

「よかろう」

沙代の言葉を小賢太は認めた。

「……難しゅうございまする」

しばらくして沙代が情けない声を出した。

「当たり前だ。いきなりできては、父の立場がないわ」

小賢太が苦笑した。

「心がけておくだけでいい。今はの」

「…………」

小さく沙代がうなだれた。

「人は毎日進んでいくものだ。旅と一緒じゃ。今日江戸を出て、明日長崎に着くわけがなかろう」

やさしく小賢太が述べた。

「父も六歳から剣を始めて、なんとかものになるのに十四年かかった」

「十四年……」

沙代が息を呑んだ。

「それも毎日、剣術だけをしていてだ。そなたは女じゃ。そういうわけにはいくまい。母から裁縫も学ばねばなるまい」

「縫いものは苦手でございまする」

嫌そうな顔を沙代がした。

「やれ、娘の躾《しつけ》をまちがえたかの」

小賢太が半歩後についてくる満流を振り向いた。

「娘は父にあこがれると申しますよ」

満流が笑った。

「それは光栄だ」

小賢太も破顔《はがん》した。


寛永寺は、将軍家祈願所であった。三代将軍家光の願いで建立されたが、すでに菩提寺《ぼだいじ》として増上寺《ぞうじょうじ》があったため、当初は祈願所としての格付けであった。それが四代将軍家綱の葬儀と墓所を引き受けたことで、変わった。

寛永寺も徳川家菩提寺となったのである。

祈願所と菩提寺の間には大きな差があった。

もちろん元号を寺号にできる寛永寺の格は高い。だが、幕府から得られる援助では、菩提寺である増上寺に届かなかった。

それが、家綱の死で寛永寺も菩提寺になった。

菩提寺には色々な特権があった。まず、将軍の忌日ごとに法要の費用が出された。将軍の法事である。その規模は大きい。まさに全山あげてのものとなり、僧侶全員が参加する。当然、各大名がお布施を出す。莫大な金額になった。

また、将軍の墓所には、警衛の番士が出される。寛永寺にも配されるようになった。将軍家の墓所に不敬を働く者がいないかどうかを見張り、なにかあれば対処する。武芸と忠誠心に優れた者が選ばれた。

「今日も来ているようだ」

警衛の番士が、同僚に話しかけた。

寛永寺は高台にある。寺域から周囲を見下ろすことができた。

「いつもの一家か。奇特なことだ」

同僚が応じた。

「きっちり決まって、家綱さまのご命日に来る。旗本だろうが、よほどお側で寵愛を受けたのであろうな」

「うむ。だが、今は小普請なのだろう。でなければ、きっちり八日に来られるわけはない」

二人が会話した。

幕府役人はごく一部を除いて、三日に一日の勤務である。日勤、宿直勤、非番を繰り返す。大の月、小の月が混在するだけに、毎月決まった日が非番になることはない。

「寵臣は、主君の死に殉ずるものであるからの」

番士が言った。

主君の死に殉じるというのは、死を意味している。一緒に死出《しで》の旅路を進む。主君を一人にしないだけでなく、黄泉路《よみじ》での警固《けいご》も務める。これが寵臣最後の奉公であった。

しかし、三代将軍家光に大名が相次いで殉死し、幕政に停滞が生じたことで、幕政参与の大任を与っていた保科正之が、これを禁じた。

殉死した家は、重用されるという慣習を逆にした。殉死した家は咎められるとなれば、そうそうに死ねなくなった。

その代わりに、役目を退き、主君の菩提を弔うのが、寵臣の義務となりつつあった。

「なにはともあれ、殊勝《しゅしょう》なことだ」

番士たちは温かい目で、手を合わせる小賢太たちを境内から見守った。

「さて、仕事に戻ろうぞ」

「ああ」

番士たちが通常の勤務に戻った。


柳沢保明のもとに北野止斎の情報が集まってきた。

「天守台に賊が入ったときの宿直番であった。それだけか」

「他にはさほどの手柄もございませぬ」

調査に当たった用人が告げた。

「そういえば、あのときの始末はどうなったのだ」

柳沢保明はそのころ幕臣でなかった。当時柳沢保明は、まだ館林藩主でしかなかった現五代将軍綱吉の小姓をしていた。

その後、綱吉が五代将軍になるに従って、柳沢保明も旗本になり、将軍の身の回りの世話をする小納戸を経由して出世していった。

「調べましょうや」

「それはよい。明日、城中で訊いてみよう」

形だけとはいえ、天守台は江戸城にとって顔である。そこに賊が入ったのである。

とても表沙汰にはできない。表向きなにもなかった形にしていても、どこかに記録は残る。もっとも責任を問われるべき天守番のもとには、一切の証拠は残っていないだろうが、天守台に隣接する御広敷や大奥には残っているやもしれなかった。

「では、北野止斎のことも」

「そうよなあ……」

用人から訊かれて、柳沢保明が思案した。

「……会ってみるか」

柳沢保明が呟いた。

「お会いに……」

密かに調べていた相手に、堂々と会う。なんのために身許を隠して聞き合わせをしていたのか。用人が驚いたのも無理はなかった。

「ああ。そうよな、天守台の一件を調べてからがよい。明日は上様のご機嫌を取らねばならぬゆえ、いや、余裕が少し欲しいな。五日後だ。五日後、お邪魔したいと北野家へ通じておけ」

「よろしゅうございますので」

「うむ。会わねばわからぬことは多い」

柳沢保明が首肯した。

「手ぶらというわけにもいくまいな。なにか、それほど仰々《ぎょうぎょう》しくないものを用意いたせ」

「わかりましてございまする」

主君の命とあれば、従わなければならない。用人が平伏した。


翌朝、登城した柳沢保明は、綱吉の機嫌を伺うとその足で、右筆部屋を訪れた。

「あいにく、書付は残されておりませぬな」

天守台の一件のことを訊かれた右筆が首を振った。

「書付を確認せずともわかるのか」

「ここにある書付のどれになにが書かれているかを知らねば、右筆は務まりませぬ」

右筆が胸を張った。

「では、そなたはどこまで知っている」

柳沢保明が問うた。

将軍の寵臣の質問から逃げることも、ごまかすこともできなかった。できないわけではない。ただし、それをして後でわかったときの報復が怖い。役目を解かれるだけではすまなかった。

「当時、わたくしは右筆の見習いでございました」

右筆が話し始めた。

天守台の一件とは、江戸城の天守台、そこを警固していた天守番が曲者に襲われ、撃退はしたものの、一人死んだ。

「下手人は捕まったのか」

「いいえ。結局、あのとき討ち取られた者だけ」

柳沢保明の確認に、右筆が首を振った。

「うやむやになったと」

「………」

無言で右筆は認めた。

「目付《めつけ》はなにをしていた」

「出務されたようでございますが、いつのまにか手を引かれたようで」

右筆は城中すべての書付を扱う。目付の動きも承知していた。

「ふむう。目付には訊けぬ」

目付は大名、旗本の非違《ひい》を監察する。その任の性格上、明かせないことも多い。

目付の報告は将軍だけにもたらされ、老中といえども介入できなかった。

「今の状況で、上様から目付へお話を通していただくわけにもいかぬしの」

柳沢保明が嘆息した。

「目付が手を引いた後は、誰が担当した」

「それは……」

右筆が口ごもった。

「言いにくいか」

右筆は幕政の秘密を握る。それだけに漏らしたときの罰則も厳しい。

「わかった。口の軽い者よりは好ましい」

柳沢保明が認めた。

「儂が今から人の名前を出す。そやつでなければ、否定せよ」

「なければ否定でございますか」

「そうじゃ。なにも答えずともよい」

確認した右筆に、柳沢保明がうなずいた。

「どうぞ」

納得した右筆が促した。

「森田土佐守」

「違いまする」

わざと違う人物の名前を出した柳沢保明に、右筆は首を左右に振った。

「北野止斎」

「お答えしかねまする」

右筆が否定しなかった。

「そうか。答えられぬか。右筆の任では当然じゃの」

満足そうに柳沢保明が首を縦に振った。

「そなた名前は」

「立岡伊之介《たつおかいのすけ》でございまする」

寵臣に名前を訊かれる。これは出世の糸口であった。

「奥右筆への異動を命じられたら、断るな」

「……奥右筆でございますか」

立岡が怪訝そうな顔をした。

新設された奥右筆は、綱吉の用だけを承る右筆として見られていた。そのため、表右筆よりも格下として扱われていた。

「上様がなんのために奥右筆をお作りになったか。それを考えておけ」

「わかりましてございまする」

柳沢保明の言葉に、立岡が首肯した。


北野止斎の隠居は強制であった。

綱吉が将軍となってから、家綱時代の役人たちを腹心に入れ替える過程で十徳《じっとく》拝領をした。

十徳とは茶人が身につける衣装の一つである。これを将軍から賜るのは、茶でも楽しむが良いとの許可であるが、そのじつは、さっさと隠居しろという暗黙の命令であった。

不思議なことだが、役人に退隠《たいいん》すべきという年限はなかった。家督も同じである。本人が隠居する、退任すると言わない限り、幕府から強制できなかった。

もちろん、不始末などがあったときは別である。咎めで役目を解く、家督を奪うことはできるが、いかに将軍とはいえ、なんの罪も咎もない者に隠居を命じることはできなかった。

しかし、それでは不都合が出る。役目には定員がある。いつまでもそこに居坐られては、新しい者が育たない。そこで、将軍からの下賜という形で茶道具を渡し、隠居を勧めた。

もちろん、命令ではない。下賜を断ることはできないが、隠居しなくても咎められはしない。とはいえ、将軍の意思に逆らい続けるのはまずい。下手をすると、家ごと潰される。やる気になれば、どのような罪でも押しつけることはできる。

十徳を下賜された北野止斎は、大留守居を退き、家督を長男に譲った。

「儂に、柳沢が会いたいだと」

息子が重用した用人の話に、北野止斎が難しい顔をした。

「はい。明後日、午後にご訪問になりまする」

「引き受けたのか」

「側用人さまのお求めでございまする。お断りなどいたせば、ご当主さまにどのような……」

「わかった」

用人の言いたいことを悟った北野止斎が苦い顔で了承した。

留守居は旗本の出世頭である。寄合と呼ばれる名門旗本数百のなかから数人しか選ばれない。長年、大目付や勘定奉行、大番頭などを歴任し、汚点なく出世してきた能吏《のうり》だけが到達できる頂点であった。

その留守居を十年以上務めた北野止斎だったが、家綱の御世での出世が徒《あだ》となった。家綱の後をすんなり譲られたのではなく、一時はまったくかかわりのない宮家へ将軍を奪われかけた。

その恨みを綱吉は、宮将軍に反対しなかった要職たちに向けた。

将軍が江戸城を離れたときに城を預かる留守居は、巨大な権限を有するが、でなければただの飾りでしかない。

看板倒れの要職でも、綱吉にとっては敵であった。

十年も留守居をしていれば、隠居のとき、その功績をもって加増があり、万石になってもおかしくはなかった。

しかし、北野止斎には一石の加増もなかった。

これは北野止斎は意に染まぬという、綱吉の意思表示であった。

「なにをなさっておられるやら」

加増を得られなかった父に嫡男があきれた。その父のおかげで、大番頭になれたことを忘れたかのように、非難した。

結果、隠居した北野止斎の肩身は狭く、用人の言葉にも反論できなかった。

「当日は、こちらにお通りいただくわけには参りませぬ。母屋《おもや》の客間を用意いたしておきまする。相応の装いをお願いいたしまする」

用人が要望した。

「儂は隠居ぞ。袴など長くつけてもおらぬ」

北野止斎が文句を返した。

「お願いいたしましたぞ」

それには応えることなく、用人は隠居所を出ていった。

「……柳沢出羽守が、今ごろになって儂に会う」

一人になった北野止斎が呟いた。

「知られたか」

北野止斎の顔つきが変わった。

「……柳沢出羽守の出方次第では、工藤を呼び出すしかないな」

重い声で北野止斎が嘆息した。

四

柳沢出羽守保明が来る。

北野家は大あわてになった。

「なぜ、父に。吾ではないのか」

当主である北野因幡守《いなばのかみ》が、何度も用人に確認した。

「まあいい。ご挨拶には出る。なんとかご機嫌を取り、お引き立てを願わねばならぬ」

北野因幡守が勢いこんだ。

「そなたに用ではないぞ」

すでに母屋で待機していた北野止斎があきれた。

「父上、おとなしくしていただきますぞ。決して出羽守さまのご機嫌を損なうようなまねをなさいますな」

厳しく息子が釘を刺した。

「ふん。気遣いがすごいの」

北野止斎が鼻を鳴らした。

「お見えでございまする」

玄関から用人が駆けてきた。

「お通しせよ」

北野因幡守が腰を浮かせかけた。

「落ち着け。客を迎える側だぞ。どっしりと構えておかぬか」

「なにを。お出迎えするのが当然でございましょう」

父の忠告を聞かず、息子が玄関へと向かった。

「軽いの」

すでに不惑をこえている息子の態度に、北野止斎が嘆息した。

「やれ、どうやら息子という足かせができたようだ」

北野止斎が苦い顔をした。

「ご隠居さま。客間へ」

用人が告げた。

「わかった」

武家は当主が絶対である。当主の父であっても隠居した者に力はない。北野止斎は用人に急かされて重い腰を上げた。

七千石ともなると屋敷は、数万石の外様大名の上屋敷よりも大きい。参勤交代をしなくてすむだけ、内証《ないしょう》に余力があるからだ。

「北野止斎でござる」

客間に入った北野止斎は、隠居してからの号を名乗った。

「お邪魔をいたす。柳沢出羽守でござる」

年長を敬ってか、柳沢保明が一礼した。

「どうぞ、お顔を上げてくださいませ」

同席していた息子の北野因幡守が、あわてて述べた。

「いや、長く大留守居をお務めになられた先達に、敬意を表するのは当然でござろう」

柳沢保明が手を振った。

「薩摩守どの」

「すでに隠居いたしておりますれば、止斎と」

官名で呼ばれるのを北野止斎は断った。

「では、止斎どの。いささかお伺いしたいことがあり、参上つかまつった」

柳沢保明が用件に入った。

「この老いた隠居に、柳沢どのへお話しするようなことはございませんが」

北野止斎は牽制した。

「いやいや。止斎どのは、一時は城内で知らぬことはないと言われたお方と聞きまする」

「とんでもないことを」

持ちあげる柳沢保明に北野止斎が警戒した。

「父上、出羽守さまのお言葉でございますぞ」

息子が北野止斎をたしなめた。

「わかっておる」

苦い顔で北野止斎は首肯した。

「…………」

親子の遣り取りを、聞こえぬ顔で柳沢保明がやり過ごした。

「わたくしでお答えできることでござれば」

「答えられる……けっこうでござる」

しっかりと枠をはめた北野止斎に、柳沢保明が一瞬の間をおいて了承した。

「では……」

口を開きかけた柳沢保明が、北野因幡守を見た。

「お父上と二人きりにしていただきたい」

「それは……父はこういう性格でございまして、ご無礼を働くやも知れませぬので」

席を外せと求めた柳沢保明に、北野因幡守が反発した。

「お役目のことでござる」

「……承知いたしましてござる」

役目と言われては反論できない。

「ご無礼のないよう」

父に釘を刺した北野因幡守が出ていった。

「さて、早速だが……」

北野因幡守のことなど端《はな》から相手にしていないと柳沢保明が話を始めた。

「円明院さまを覚えておられよう」

柳沢保明がいきなり核心に来た。北野止斎は、長年の役人として積んだ経験のおかげで、一切表情を変えなかった。

「もちろんでござる。先代上様のご寵愛を受けられたお方。お美しい女《ひと》であった」

御広敷、すなわち大奥を束ねるのが大留守居である。名前だけの頭とはいえ、将軍寵姫の名前を知らないとは言えなかった。

「だが、円明院さまは貞享四年（一六八七）にお亡くなりになられた」

痛ましいと北野止斎が目を閉じた。

「姫さまがおられた」

「沙代姫さまも、相前後してはかなくなられた。たしか、姫さまが先に亡くなられ、その衝撃から立ち直られず、円明院さまも続けて」

思い出すように、北野止斎が首を小さく左右に振った。

「ご遺体をご覧になったか」

「いいや。ご側室と姫さまである。男が拝見するわけには参らぬ」

確かめたかという問いに、北野止斎は告げた。

「確認は誰が」

「名前は覚えておらぬが、大奥の表使《おもてづかい》であったはずだ」

北野止斎がごまかした。

「表使ならば、記録はあるな」

「…………」

探るような質問を北野止斎は無視した。

表使は、さほど身分が高いわけではないが、大奥に出入りするもの、人を管轄するだけでなく、表との交渉もする。また、大奥の管轄に入る御用屋敷の担当でもあった。

北野止斎はその表使がすでに大奥にいないことを知っている。どころか、北野止斎が手配したのだ。だが、いないという情報を与えるだけでも、柳沢保明の手間を省くことになる。北野止斎はわざと柳沢保明の足を引っ張った。

「円明院さまの御用人は」

「遠藤《えんどう》、いや九条《くじよう》、そのような名前であったが、もう昔のことで忘れてしまった」

北野止斎が首をかしげて見せた。

「…………」

じっと柳沢保明が見つめた。

「それだけでござるかの。では、歳ゆえか、疲れやすくなっておりましての。そろそろ遠慮いたしたいのだが」

帰れと北野止斎が言った。

「昨今、城内で噂になっていることがござる。ご存じか」

「隠居してから、一度も登城をいたしておりませぬのでな。城中のことなど、なにも知りませぬ」

柳沢保明の問いかけに、北野止斎は知らないと応じた。

「家綱さまのお血筋さまが、ご存命だと」

「……そのようなことはありますまい」

一瞬、北野止斎は反応が遅れた。

「おられぬと」

「そう儂は考えておる」

念を押した柳沢保明に、北野止斎は返答した。

「邪魔をいたした」

それ以上は求めず、柳沢保明が腰を上げた。

「お帰りか。お役に立てず申しわけないことだ」

北野止斎も見送りに立ちあがった。

「……北野どの」

客間を出かかった柳沢保明が足を止めた。

「なにか」

北野止斎が先を促した。

「念のために申しあげておくが……」

一度柳沢保明が言葉を切った。

「亡くなられたお方より、今の上様が強いということをお忘れになられるな」

柳沢保明が固い声で告げた。

「そうかの。亡くなられておられるが、神君家康公は、神でござる」

「…………」

言い返した北野止斎に、無言で柳沢保明が背を向けた。

「お帰りでございまするか。なにか、ご無礼でも」

玄関で息子が柳沢保明の機嫌を取っている声を聞きながら、北野止斎は氷のような目をした。

「まずいな」

北野止斎が唇を嚙んだ。

「他人の口に蓋《ふた》はできぬとはいえ、こうも軽いとは旗本も落ちたものだ」

小さく北野止斎が呟いた。

「工藤にたどり着くまで二日。沙代さまと円明院さまに気づくまで一日」

北野止斎が指を折った。

「救いは、沙代さまと円明院さまのお二人は公に死んでいることだ。死人を生き返らせることは、いかに将軍といえどもできぬ」

遡って越後高田騒動の決着をひっくりかえした綱吉といえども、死んだと幕府に認められた先代側室とその姫を、もう一度徳川家の譜に戻すことはできない。

「表だって、お二人を差し出せとは、上様といえどもできぬ」

北野止斎が少しだけ頰を緩めた。

「となれば、闇を使われよう……」

腕を組んで北野止斎が思案した。

「上様は天下だ。五年前ならば、まだ上様は幕府を掌握されていなかった。だが、今は違う。上様を将軍にした堀田筑前守もすでにない。上様を制することのできる者はおらぬ。伊賀者《いがもの》も自在に繰り出せる」

北野止斎が天を仰いだ。

「儂も大留守居を退《ひ》いた。退き口衆《のぐちしゆう》ももう配下ではない」

かつて大留守居だった北野止斎は、御広敷のなかに配されている退き口衆を使った。

江戸城が危なくなったとき、将軍を甲府あるいは、水戸《みと》へ落とすための脱出口を守るのが退き口衆であった。

攻めてくる敵を、知り尽くした地理を利用して、足止めする。さらに落ちていく将軍の警固もおこなう。身分は低いが、その実力は折り紙付きであった。

「工藤の腕だけが頼りか」

北野止斎がため息を吐いた。


翌朝、北野止斎は隠居してからほぼ初に近い外出をした。

「供は」

「要らぬ。久しぶりに江戸の町を歩いてみたい。どこへ行くかも決めておらぬ」

北野止斎は用人の申し出を断った。

「夕餉までには戻る」

前当主への気遣いである開かれた大門を潜って、北野止斎は屋敷を後にした。

「どうするかの」

北野止斎が、ゆっくりと歩きながら独りごちた。

「儂を見張っておるかどうか。昨日の今日だ。いくら柳沢出羽守とはいえ、いきなり伊賀者を動かすことはできまいと思うが……」

ちらとあたりに北野止斎は目をやった。

「武芸の心得がない儂に、見抜けるはずもない……な」

北野止斎が苦笑した。

「やれ、これも工藤に頼むしかない」

小さく北野止斎が首を左右に振った。

工藤家の屋敷は、百五十石から四百石に戻ったとき、小旗本の屋敷が多い橘《たちばな》町《ちょう》二丁目から、牛込《うしごめ》赤城明神社側へと移された。

「ごめん。こちらは工藤どののお屋敷でござるかの」

旗本屋敷には表札はない。目算をつけた屋敷の潜り門を北野止斎が叩いた。

「さようでございますが、あなたさまは」

門番を兼ねる小者の子平《しへい》が誰何《すいか》した。

「北野止斎という。昔、こちらの当主どのといささか交流のあった者でな。ああ、そのときは薩摩守などというたいそうな名前であった」

「薩摩守さま……」

子平が驚愕した。

「昔のことじゃ」

「少し、お待ちを」

手を振る北野止斎に、子平が慌てた。

「……薩摩守さま」

大門が開いて、なかから小賢太が顔を出した。

「おう、久しぶりじゃの」

「と、とにかくなかへ」

外で立ち話をするわけにもいかないと、小賢太は北野止斎を招き入れた。

「よくぞ、お出で下さいました。ご無沙汰をいたしておりまする。薩摩守さまにはお変わりもなく」

客間で小賢太は久闊《きゅうかつ》の挨拶をした。

「止めてくれ。もう、ただの隠居じゃ」

北野止斎が苦笑した。

「これをな。土産をと思うたのだが、年寄りに重いものは持てぬのでな」

小判を三枚、北野止斎が紙に包んだ。

「これはかたじけないことでございまする」

土産と言われては断れなかった。小賢太は、紙包みを押しいただいた。

「少し老けたか」

「はい」

小賢太が久しぶりの再会での言葉に、苦笑した。

「儂もいつお迎えが来るかと思っておる」

「なにを仰せでございますか。まだまだお若い」

「気持ちは若いがの。死んでおいたほうがよいと思ったわ」

「……なにかございましたので」

小賢太が表情を険しくした。

「じつはの……」

北野止斎が、柳沢保明の来訪を語った。

「…………」

聞かされた小賢太は沈黙した。

「すまぬの。儂が死んでおれば、ここで話は終わったであろうに」

「薩摩守さまのお気になさることではございませぬ」

小賢太は首を左右に振った。

「だが、気づかれた。あのとき、これが最良の手だと思った。しかし、今思えば、別の手もあった」

「別の手でございまするか」

「ああ。円明院さまと沙代さまを大奥へお返しするという手がな」

「な、なにを」

小賢太は絶句した。

「そうしておけば、お生まれになったのは姫だ。綱吉さまでも気にされなかったであろう。いずれ、沙代さまは宮家か、御三家へ輿《こし》入れされ、円明院さまは沙代さまについて婚家へ移られ、穏やかな一生をおくられたであろう」

顔色を変えた小賢太を無視して、北野止斎が述べた。

「わたくしに、二人を預けたのがまちがいだと言われるか」

「…………」

詰問《きつもん》する小賢太に、北野止斎は反論しなかった。

「おふざけになるな」

小賢太が激した。

「すまぬ。おぬしも他の家から嫁を迎えていたら、このようなことに巻きこまれずにすんだ」

　北野止斎が詫びた。

「わたくしをそのていどの男だと……」

　小賢太が震えた。

「思ってはおらぬ。思っていたならば、最初からそうしている。そなたにならば、お二人を任せられると思えばこそ……」

　北野止斎が言いわけしようとした。

「ごめんくださいませ」

　それを遮って、満流の声が襖の向こうからした。

「満流」

「お方さま」

　小賢太と北野止斎の二人が応じた。

「ご無沙汰をいたしております」

　襖を開けて、満流が顔を見せた。

「お変わりもなく、お美しい」

北野止斎が息を呑んだ。

「下がっていなさい」

夫として小賢太が、満流を抑えようとした。

「いいえ。わたくしと沙代の話でございましょう」

満流が逆らった。

「むう」

正論だけに小賢太はなにも言えなくなった。

「わたくしの気持ちはどうなりましょう」

「えっ」

おとなしい風貌の満流に、厳しい表情で問いかけられた北野止斎が戸惑った。

「今まで、ずっと言うとおりにして参りました。貧乏旗本の三男の娘として生まれ、口減らしのために大奥へあげられ、家綱さまのお目に留まり、お情けを受けました。ここにわたくしの意思はございませぬ」

旗本の娘は、親の指示通りにするものであった。親の命じたところに行き、言われた相手に嫁ぐ。それが当たり前であった。

「ですが、それも家綱さまのご逝去で終わりました。満流の方は、家綱さまととも生涯をその菩提のために費やすと」

「いえ。大奥ではそう教えられましてございまする。将軍家のお情けを受けた女は、生涯をその菩提のために費やすと」

言い返そうとした北野止斎を、満流が遮った。

「そのつもりで、沙代を産み、桜田の御用屋敷で過ごしました。おわかりでございますか。おだやかだったわたくしの余生に手を出してこられたのは、綱吉さまであり……北野薩摩守さまでございまする」

「うっ……」

言われた北野止斎が詰まった。

「もう、けっこうでございまする」

満流が告げた。

「これ以上、わたくしと沙代のことはご放念くださいませ」

「しかし……」

「お帰りを」

まだ言おうとした北野止斎を満流が封じた。

「満流」

「あなたさまも、このままで」

口を挟もうとした小賢太を満流が制した。

「邪魔をした」

決意のこもった目で見つめられた北野止斎が、腰を上げた。

「おそらく二度とお目にかかることはございますまい。どうぞお健《すこ》やかに」

「薩摩守さまも、ご長寿くださいませ」

北野止斎と満流が、小賢太を残して別れの会話をおこなった。

「…………」

小賢太は、なぜか言葉を見つけられなかった。

第三章　権力の徴《しるし》

一

江戸城天守閣は三度建てられた。

城に天守閣は一つでいい。とくに天下人の天守閣である。他に類のないものが一つそびえてさえいればすむ。そして一度造られた天守閣は厳重に守られ、代々引き継がれていく。

その江戸城天守閣が三度も造られたのには、原因《わけ》があった。

初代徳川家康が天守閣を建てたのは、当然である。関ヶ原の合戦で勝利し、天下の実権を握った徳川家康は、慶長《けいちょう》八年（一六〇三）に天下の諸大名に命じて江戸城を拡張、そのときに天守閣の建造も始めた。天下人の居城の天守閣は、何度かの設計変更を経て、慶長十二年（一六〇七）に完成した。黒板塀五重六層の質実剛健な天守閣は、実戦を考えたもので、力で天下を取った家康にふさわしいものであった。

その家康の天守閣を、二代将軍秀忠が壊した。秀忠は豊臣を滅ぼした家康の死後、六年経った元和《げんな》八年（一六二二）、政をおこなう場所としては手狭であると、江戸城本丸拡張を決定、それに伴い天守閣を移転させる計画をたて、家康の天守閣を破却、父の造ったものより大きなものを建てさせた。乱世から泰平へ移行したと、天下に知らしめるため、家康の建てた実戦用のものではなく、徳川の権威を表すそれは優美な姿をしていた。

だが、秀忠の建てたこの天守閣を三代将軍家光が壊した。嫡子でありながら秀忠に嫌われた家光は、その死後鬱憤《うつぷん》を晴らすかのように父の功績を抹消した。父の側近を左遷し、定めた法令を変える。秀忠の影を払拭《ふつしよく》する一つとして天守閣も破壊され、祖父家康の造ったものに近い設計で建て直しをおこなった。

じつに二度も数万両どころか、十万両をこえる費用をかけて建てた天守閣は、無駄に潰されたのである。

そして、家光が祖父家康を慕って建立した天守閣は、明暦《めいれき》三年（一六五七）に江戸中を灰燼《かいじん》に帰《き》した通称振り袖火事で焼失した。

城中ほとんどの建物が被災しながらも無事であった天守閣だったが、なぜか翌日、再発した火事で燃え落ちた。初日は固く閉ざされていた銅製の窓が、いつのまにか開いており、そこから飛びこんだ火の粉が引火、松明《たいまつ》のように燃えた。

諸大名の屋敷五百以上、社寺三百余り、城下二十二里八町四方（約八七キロ平方メートル）をなめ尽くした明暦の火事によって、天下の城下町は壊滅した。

行き場を失った町人たちへの炊き出し、町の復興のため間口一間（約一・八メートル）につき三両一分と銀六匁《もんめ》余りを支給した幕府は、総計十六万両もの費用を負担した。

その莫大な出費に幕府も痛手を受けた。さらに援助の十六万両とは別に、江戸城を建て直さなければならないのだ。そのすべてをお手伝い普請として押しつけようにも、諸大名も屋敷を失い、人を亡くしている。

「天下泰平のおりから、望楼としての役目も不要につき、天守閣の再建は見送る」

大政委任保科肥後守正之、老中松平《まつだいら》伊豆守信綱《いずのかみのぶつな》をはじめとする執政衆が英断した。

こうして天下人の居城ながら、江戸城からはその権威の象徴たる天守閣が失われた。

老中は朝のうちに将軍へ政務の報告をする。これは老中が昼過ぎには職務を終えて下城してしまうためであった。

「上様におかれましては、ご機嫌麗しく、加賀守お慶び申しあげまする」

いつものように大久保加賀守が、御休息の間へと伺候《しこう》した。

「うむ。天下はどうであるか」

綱吉が問うた。

「ご威光をもちまして、四海穏やか。万民喜びに満ちておりまする」

大久保加賀守が述べた。

ここまでは、毎日繰り返される儀式であった。これを終えて、ようやく老中は将軍に政の報告をおこない、決裁の花押《かおう》を求められる。

「では、上様……」

「大久保加賀守よ」

話を始めようとした大久保加賀守を五代将軍綱吉が制した。

「なんでございましょう」

老中といえども家臣である。将軍の意見を待たなければならなかった。先日、先代将軍家綱の遺児について、言われたばかりである。それを老中たちは無視していた。今更、過去をほじくり返すだけの意味が見いだせなかったからである。

そこにふたたび将軍からの声かけ、大久保加賀守が緊張するのも当然であった。

「躬の威光は天下を照らしおるか」

「はい」

否定してはいけない。大久保加賀守がうなずいた。

「聞けば、天下泰平のおかげで武家の力が不要になり、商人どもに侮《あなど》られる向きもあるという」

「それは……」

綱吉の口から出たとおりである。大久保加賀守が詰まった。

泰平は、贅沢《ぜいたく》を呼ぶ。明日死ぬかも知れないと思えば、生きていくために必死となる。それ以上のことに考えはいかない。だが、明日が来るとわかれば、人は安心し、心に余裕を持つ。その余裕は、より豊かな生活を求め、生み出していく。麦飯で平気だったのが、一度白飯を口にすれば、もう満足できなくなる。

結果、贅沢になり、浪費が始まる。

働きや才能次第で収入を増やせる商人や職人はいい。だが、先祖代々の禄で生活する武家はそうはいかなかった。

なにせ戦がない。武士の本分は敵の首を取るか、一番槍を突けるかなど戦場働きなのだ。泰平では手柄の立てようがなく、加増も望めない。

収入は変わらないが出費は増える。足らなくなった武士は、借金をする。算盤《そろばん》や勘定を下に見る武家は、その結果がどうなるかわからず、その場しのぎの対応を繰り返す。やがて、借財は返せないところまで膨れあがり、金を貸してくれた商人に頭を下げて返済を待ってもらうことになる。経済どころか、銭勘定さえできない武家は商人に侮られていた。

「情けないことである」

「上様のお心を乱し奉り、加賀守、お詫びのしようもございませぬ。早急に、対策を練りまする」

嘆息する綱吉に、大久保加賀守が平伏した。

「民どもに武家への尊敬を向けさせるには、どうすればよいと思う」

「旗本たちに尚武《しようぶ》を推奨すれば……」

大久保加賀守が提案した。

「何年かかるのだ。結果が出るまで」

「……数年以上は」

武芸などは明日身に付くものではない。大久保加賀守がうつむいた。

「何年かかってもよい。で、旗本どもが皆、武芸達者となったとしてだ。それは民に伝わるのか」

「それは……」

見た目で達人かどうかを判別するには、相応の修練が要る。庶民にそれを望むのは困難であった。

「であろう。わからぬ変化はないのと同じじゃ。もっと一目でわかるものでなければなるまいが」

「仰せの通りとは存じますが……」

大久保加賀守が困惑した。

「武家の統領は躬である。躬の力を天下に示せば、すむことであろう」

「…………」

綱吉の発言に、大久保加賀守が不安そうな顔をした。

「先代ができなかったことをなせば、躬の力を天下に表せる」

強く綱吉が述べた。

「上様、なにをなされようと……」

思いきって大久保加賀守が訊いた。

「天守閣を建てる」

「な、なんと」

綱吉の宣言に大久保加賀守が驚愕した。

「そもそも将軍の居城に権威の象徴たる天守閣がないのがおかしいのだ。たしかに明暦の火事で焼け落ちた当時は、いろいろと事情もあり再建できなかったのはわかる。だが、その後、城の御殿がなおり、城下が復興したあともないままでいたのはよろしくない。天守閣のない城など、穂先のない槍と同じ。脅しにもならぬ」

「お待ちください……」

「天下の城にふさわしいだけの天守閣を建てれば、将軍の権威を広く見せつけることができる」

諫《いさ》めようとした大久保加賀守を無視して綱吉が続けた。

「江戸のどこからでも、いや、品川《しながわ》、千住《せんじゅ》、新宿《しんじゅく》、板橋《いたばし》からでも見えるだけの天守閣じゃ。毎日その威容を見ていれば、嫌でも民たちにも将軍の偉大さが染みつこう。将軍を崇敬《すうけい》すれば、その余波は武家にも及ぶはずじゃ」

滔々《とうとう》と綱吉が語った。

「恐れながら、天守閣を再建するだけの」

「金がないと申すか」

「……はい」

厳しい声を投げられた大久保加賀守が小さく応じた。

「金など不要である。諸大名どもにさせればいい」

「御手伝いを命じると」

「そうだ。大名どもにさせれば、幕府の金は遣わずともすもう。それくらいのことがわからず、老中が務まるか」

確かめた大久保加賀守を綱吉が叱りつけた。

「少しときをいただきますよう。他の者とも相談し、見通しを」

大久保加賀守が猶予を願った。

「それくらいは認めてやろう。いきなりでは、戸惑うであろうからの」

ものわかりのよい体を綱吉が見せた。

「だが、これは躬の意思である。それを忘れるな」

しっかりと綱吉が釘を刺した。

二

老中の執務室、上《かみ》の御用部屋に戻った大久保加賀守は、蒼白であった。

「いかがなされました」

御用部屋の雑用をこなす御用部屋坊主が気づいた。

「ご一同、お集まりを」

御用部屋坊主の気遣いを無視して、大久保加賀守が集合を求めた。

御用部屋は、老中ごとに屏風《びょうぶ》で仕切られていた。政という機密の高いものを扱うのだ。同じ老中同士でも、決定するまでは秘密にしなければならないからだ。

とはいえ、合議するときもある。そのために御用部屋の中央に、大きな火鉢が用意され、それを囲んで話し合うようになっていた。

「いかがなされたかの。加賀守どのよ」

土屋相模守政直《つちやさがみのかみまさなお》が、手にしていた書付から目をあげた。

「ずいぶんと慌ただしいが」

阿部豊後守正武《あべぶんごのかみまさたけ》が、筆を置いた。

「と、とにかく、お集まりを」

大久保加賀守が急かした。

「なにがござった」

戸田山城守忠昌《とだやましろのかみただまさ》が、腰を上げた。

「上様が……」

それだけ言って、大久保加賀守が火鉢に刺さっていた火箸を手にした。

「…………」

無言で大久保加賀守が、灰の上に火箸で文字を綴った。

これが御用部屋での流儀であった。

若年寄でさえ入られないほど厳格な上の御用部屋だが、老中以外の者もいた。老中の口述筆記を担当する右筆、墨を摺ったり、お茶を入れたり、使者として走ったりするための御用部屋坊主である。

正式に発布されるまで法の中身は隠さなければならない。知られれば、発布されるまでの間に、いろいろと対応されてしまい、一部の者だけに利が生まれてしまう。

なんとかして法の内容を知りたいと思う者は多い。そやつらは、老中の側で法の詳細をいち早く知ることのできる右筆や、御用部屋坊主に手を伸ばしてくる。また、金を欲しがる御用部屋坊主などは、聞いた話を売りつけようと考えている。

色々と秘さなければならないことばかり集まるのが御用部屋である。話をするにも気を遣わなければならない。かかわりのない者に、話の内容を知らせないよう、老中たちは巨大な火鉢の灰の上に火箸で文字を書いた。情報を共有した後、灰を小《こ》箒《ぼうき》で掃いてしまえば、文字は消え、あとから他人に見られずにすんだ。

「…………」

集まった老中たちが、口を閉じて大久保加賀守が灰の上に刻む文字を目で追った。

「……なに」

「真か」

読み終えた老中たちが顔色を変えた。

「躬の意思だと上様が」

大久保加賀守が首肯した。

「まさかと思うが、お引き受けしてきたのではござるまいな」

戸田山城守が厳しい声で問うた。

「持ちかえることをお許しいただいた」

むっとした顔で、大久保加賀守が応じた。

「その場でお断りできなんだのか」

土屋相模守が、大久保加賀守を咎めた。

「できるわけなかろうが。できるというならば、ご貴殿が御用部屋の総意としてご意見してこられよ」

大久保加賀守が言い返した。

「ご用命を受けた者が、復命する決まりである」

言われた土屋相模守が拒んだ。

「そのようなことを言い合っている場合ではございますまい」

阿部豊後守が、悪化した雰囲気を変えようとした。

「うむ」

「たしかに」

老中たちが落ち着いた。

「……これをどうするかでござる」

阿部豊後守が火箸で天守閣と書いた。

「…………」

戸田山城守が、その上に斜線を引き、否定した。

「だが……」

大久保加賀守が、灰の上に上様と書いた。

「もどかしいわ。そなたたち、呼ぶまで外に出ておれ」

面倒になった土屋相模守が、右筆と御用部屋坊主に他人払いを命じた。

「お茶の用意などは」

「不要じゃ」

「ですが……」

居残ろうとした御用部屋坊主を、土屋相模守が一言で切って捨てた。

老中すべてが顔色を変えるような将軍の命令である。老中の話を聞き、その内容を売って贅沢をしている御用部屋坊主にしてみれば、宝の山である。老中の指示にも、御用部屋坊主が渋った。

「そなた辞めよ」

土屋相模守が、御用部屋坊主を指さした。

「ひえっ。お許しを」

御用部屋坊主が跳び上がった。ただのお城坊主でも大名たちから付け届けがあり、本禄以上の収入は得られるが、政の機微を手にする御用部屋坊主は桁《けた》が違う。首になっては、一気に収入が半減する。

「ならぬ。我らの指示に従えぬ者など、御用部屋に不要である」

土屋相模守が拒否した。

「出ていけ。今なら御用部屋坊主を罷免《ひめん》するだけで許してくれる。これ以上逆らうならば、家ごと潰す」

「申しわけございませぬ」

冷たく宣告された御用部屋坊主が、すごすごと出ていった。

「まったく、坊主どものつけあがりようは、酷くなる一方よな」

戸田山城守が嘆息した。

「かといって、御用部屋坊主を廃止するわけには参らぬしの」

「たしかに。我らの都合で、わざと話を聞かせるときもある」

阿部豊後守と大久保加賀守が顔を見合わせた。

政は密をもってよしとなす。これは真理であるが、あらかじめ世間に報せておいたほうがよいときもあった。

施行されたとき、世間がどう反応するかを確認したいときや、わざと漏らして動き出す者をあぶり出したいとき、偽りを流して真実から目をそらしておきたいときなどがある。

そんなとき、なんでもかんでも盗み聞きして売り歩き、金にする御用部屋坊主は便利な道具であった。

「まあ、ときどき灸《きゆう》を据えてやればよろしいだろう。それより、先ほどの話でござる」

御用部屋坊主の話はこれまでにしようと、土屋相模守が手を上げた。

「しかし、上様はいったいなにをお考えであるのか」

大久保加賀守がため息を吐いた。

「先日の家綱さまお血筋の話もそうだが……そういえば、あれについてはなにもお話はござらなかったかの」

土屋相模守が確認した。

「まるで忘れ去られたかのように、いっさいなにも仰せでなかった」

問われた大久保加賀守が困惑した。

「それが一転して、先代将軍家綱さまがおできにならなかったことをすると……」

「うむ。それも武家への崇敬を復活させるために」

戸田山城守の言葉に、大久保加賀守が続けた。

「いまだに気に病んでおられるようじゃの」

土屋相模守が首を左右に振った。

「将軍位には、甲府公こそふさわしいというあれか」

「長幼の序に従えば甲府家が、上様の館林家よりも上になる」

戸田山城守が述べた。

三代将軍家光には五人の男子があった。嫡男の家綱を始めとし、亀松《かめまつ》、綱重、綱吉、鶴松《つるまつ》である。このうち、次男亀松と末子鶴松は夭折《ようせつ》した。無事に成人した家綱は四代将軍に、綱重は甲府家を立て、綱吉は館林家の始祖となった。

初代神君家康は、三代将軍に二代将軍秀忠の次男家光、三男忠長のどちらかをとなったとき、年上を選んだ。

「長幼の序を守らなければ、要らぬ騒動を起こす」

そのとき家康はそう言ったとされ、それが幕府における席次の基準となった。

しかし、長幼の序はわずか一代で崩れた。

跡継ぎなく死に瀕《ひん》した家綱の世継ぎをどうするかとなったとき、幕府は兄の甲府ではなく、館林から将軍世子を迎えた。

これには理由があった。兄家綱より先に、弟綱重が死去していたからであった。幸い、綱重には、男子が二人あり、嫡男綱豊が甲府家を継いだ。

「家光さまより、一代離れた」

綱豊は家光の孫になる。子供である綱吉よりも血筋でいけば遠い。

これが決め手となり、綱豊ではなく、綱吉に五代将軍の座はいった。

とはいえ、誰もが納得したわけではなかった。

「弟の家柄でありながら」

当然、将軍になり損ねた綱豊は不満を抱いた。それは、綱豊一人のものではなくなった。甲府家すべての家臣が綱豊に賛した。

もともと甲府家も館林家も、将軍の弟を別家させるために創設された。当然、幕府領のなかから領地は出され、藩士たちも旗本や御家人から選ばれた。

将軍家に準ずる。甲府と館林はそう言われ、御三家のうえに置かれた。家臣たちも旗本格とされたが、主君が将軍ではなくなったのだ。やはり扱いは陪臣になる。

天下の旗本から、陪臣へ落とされた。その不満を甲府、館林の家臣たちは持っていた。

それが家綱の死で、変わった。甲府家と同格であったはずの館林家がなくなり、家臣たちは旗本へと復帰したのだ。

「なぜ、あやつらだけ」

この間まで同じ扱いだった館林藩士たちに、甲府の家臣たちは気を遣わなければならなくなったのだ。その心情がどれほど複雑で、屈折したものだったかは、外からでもわかる。

「上様のご就任を納得できぬのは甲府家だけではない」

戸田山城守が苦い顔をした。

綱吉の将軍就任を認められなかったものに、朝廷があった。家綱の跡継ぎに、鎌《かま》倉《くら》の故事に倣《なら》い宮将軍を擁立しようとの動きがあった。

「有栖《ありす》川宮幸仁《がわのみやゆきひと》親王を江戸に迎え、将軍となす」

大老酒井雅楽頭の画策であった。

これは酒井雅楽頭が、将軍を宮家から迎えることで幕政を壟断《ろうだん》し、酒井家を世襲の大老にしようとしたためだといわれた。

それに朝廷は乗った。

鎌倉幕府の宮将軍は完全な飾りであった。執権《しっけん》となった北条《ほうじょう》氏にすべての権力を奪われ、与えられた食事と女に溺れるだけだった。それでも朝廷は宮家を江戸へやろうとした。

幕府にすべてを押さえられている朝廷にとって、宮将軍は飾りでも望みであった。

「朝廷領を増やすことができるかも知れぬ」

徳川から朝廷に与えられた賄《まかな》い領は、公家の禄も合わせて十万石でしかなかった。天皇領にいたっては三万石である。それで御所を維持し、祭祀をおこなうのは困難であった。

「親王家の新設さえできぬ」

天皇がもうけた子供に、禄を分け与える。それさえできず、生まれた皇子は跡継ぎを残して、まず寺へ送りつけることしかできない。この国でもっとも尊き血を受けつぎながら、成人を迎える前に剃髪《ていはつ》し、世俗から離れる。仏門に入れば、妻を娶らず、子も作れない。天皇家の血筋は、幕府によって制限を受けているも同然であった。

それを緩和するわずかな希望が、宮将軍であった。

とはいえ、鎌倉幕府の執権北条氏によって擁立された宮将軍たちも悲惨であった。北条の傲慢《ごうまん》で宮将軍は押さえつけられ、少しでも力を持とうとしたら潰された。

二人目の惟康《これやす》親王など、執権北条貞時《さだとき》によって将軍職を剥奪《はくだつ》された上、網代《あじろ》駕籠という最下級の輿《こし》に放りこまれて京へ送り返され、仏門へ送りこまれている。そんな名ばかりの将軍にさえ縋《すが》らなければならないほど朝廷は困窮していた。その希望が、綱吉の登場で潰えた。朝廷にとって綱吉は憎むべき相手であった。

「御三家もある」

大久保加賀守が続けた。

最後が御三家であった。

御三家は今回の継承から外されていた。端から候補にさえならなかったのだ。それは家綱の弟と甥がいたからであった。当然に見えるが、これは御三家の意義を揺るがす大事であった。

「将軍家に人なきとき、その血を戻せ」

徳川家康は御三家をそう言って創設した。御三家は将軍家の予備であった。その予備が、ようやく得た継承の機にかかわることができなかった。

「大きなものだけでも、三つか」

土屋相模守が目を閉じた。

「上様が気になさっているのは……」

「お世継ぎであろう」

大久保加賀守と土屋相模守が顔を見合わせた。将軍は上なしの地位である。唯一、天皇が罷免の権を持つが、衣食住のすべてを幕府に頼っているだけに、その力を振るうことはない。だが、それが次代になれば別であった。世間には、六代将軍には綱吉の子ではなく、甲府徳川綱豊をという声もある。

「そういえば、家綱さまのお血筋は姫君であったな」

ふと思い出したように阿部豊後守が口にした。

「そうであったの」

「……まさかっ」

認めた大久保加賀守の言葉に、土屋相模守が顔色を変えた。

「いかがなされた」

簡単に心の内面を表に出すようでは、執政など務まらない。その老中が驚愕したのだ。どれほどのものかと、一同が注視した。

「こ、ここだけの話、今だけのことと願いたい」

決して他言はしてくれるなと土屋相模守が念を押した。

「言うにおよばず」

「御用部屋のなかは、機密でござる」

老中たちが安心しろと言った。

「先代さまの姫は、家綱さまのご逝去なされた年のお生まれである。もし、今、生きておられれば九歳になられる」

「うむ」

大久保加賀守が認めた。

「上様がお召しになられてもおかしくはない」

「ば、馬鹿な。まだ九歳ぞ。子供ではないか」

阿部豊後守が驚愕した。

「いや、待て。たしか、お伝の方さまにお手が付いたは、十三歳のときだったぞ。数年待てば」

戸田山城守が落ち着いた声で述べた。お伝の方は、まだ綱吉が館林藩主だったときに側室とし、寵愛をもって一男一女を産んでいた。

「で、では、上様は先代さまの姫に手を付けられると」

小さく震えながら、大久保加賀守が言った。

「あくまでも推測だがの。先代上様の姫さまとの間に和子さまができれば、甲府公も苦情を言い立てることはできまい」

現将軍と前将軍の娘との間に生まれた男子である。長幼の序でも、将軍に近い血筋という点でも、文句の付けようはなかった。

「今現在、上様にはお世継ぎがない」

冷静に戸田山城守が告げた。

綱吉には二人の子供がいた。嫡男の徳松、長女の鶴姫である。だが、徳松は綱吉が将軍になって三年後、五歳で早世、鶴姫は紀州家に輿入れと、綱吉の血を引く子供は大奥にない。それによって、将軍継嗣の問題が再浮上している。

「先代さまと同じ状況だ」

戸田山城守が続けた。

「多少違うのは、上様はまだお元気で、大奥へお通いだということだ」

大奥へ入る、これは女を抱くことである。男が女を抱けば、子供ができるかも知れない。

「子供を作るのは義務である」

土屋相模守が全員を見た。

「これは上様だけでなく、我らも同じである」

幕府には決まりがあった。世継ぎなきは断絶《だんぜつ》である。家康が定めたもので、その子忠吉《ただよし》にさえ適用されたほど厳格なものであった。

四代将軍家綱のとき、浪人による蜂起《ほうき》があり、その経験からかなりこの決まりは緩くなり、末期養子も認められたが、それでも残っている。

「子供がなければ、家が絶える。もっともこれは臣下であり、将軍家は別であるとはいえ、男としては……の」

微妙な言いかたを土屋相模守がした。

「男にとって子供は家と同義だと言いたいのか」

その真意を戸田山城守が読んだ。

「おわかりいただけたようじゃ」

土屋相模守が笑った。

「家も子供も次代である。代を継ぐものと者。それは男が生きてきた証」

戸田山城守が述べた。

「証……」

大久保加賀守が繰り返した。

「男にとって吾が子にすべてを譲るのは夢。我らならば家督だけですむが、上様には天下という唯一無二のものがある。これを譲りたくないはずはない。だが、その継承に異を唱える者がいる。ならば、異の出ぬような子を作るしかないだろう」

「貴殿の趣旨はわかる。なれど、先代の姫さまと上様はじつの姪と叔父じゃぞ。血が近すぎよう」

無理ではないかと阿部豊後守が否定した。

「姫さまは死んでいる。公にはな」

「……そ、それは」

戸田山城守の答えで、その先が読めないようでは執政に向いていない。大久保加賀守が息を呑んだ。

「公には、上様に姪はおられぬ。だが、世間には表と裏がある。先代さまの姫と公には言えなくとも、暗《あん》にほのめかすことはできる」

「それを甲府家が認めるはずはなかろう」

当たり前である。誰でも己につごうの悪いものを受け入れはしない。認めてしまえば、甲府家の持つ利点は失われる。

「そのときのためであろう。わざと我らに先代の姫さまの話を聞かせ、その後あえて知らぬ顔をなさっておられるのは」

「我らを証人とするため……」

「知っていただろうと、後日我らを抑えこむため……」

老中たちが顔を見合わせた。

「おそらくだがの」

戸田山城守が告げた。

三

御用部屋を沈黙が覆った。すべての老中たちが言葉をなくしていた。

「……では、天守閣はなんのためだ」

混乱から脱するためか、大久保加賀守が声を荒《あら》らげた。

「一つは、先代上様の姫から目をそらせるため」

「なるほど」

戸田山城守の話に一同が納得した。

「もう一つは、そこまでしても和子さまがお生まれにならなかったとき、失われつつあった幕府の権威を再興した名君という評判を得るため」

「まさか、子供がいないから、後世に吾が名を残すために天守閣を建てると」

「……………」

ゆっくりと戸田山城守が首を上下に動かした。

「冗談ではないぞ。天守閣を建てるにどれだけの金がかかると思うのだ。幕府の蔵にそんな金はないぞ」

阿部豊後守が震えた。

「父から聞いた話であるが……」

このなかでもっとも若い阿部豊後守は、三代将軍家光の寵臣だった阿部豊後守忠《ただ》秋《あき》の孫である。

「家光さまが代を受け継がれたとき、幕府には五百万両をこえる金がござった。それが家綱さまのおりには、三百万両に、そしてご当代さまが就任されたおりには……皆様方のほうがよくご存じだと」

阿部豊後守が老中に就任したとき、すでに綱吉に代はなっていた。

「百万両もない」

家綱の代から老中を務めている大久保加賀守が答えた。

「三百万両あった家綱さまの代に、造るのをあきらめたのだぞ。百万両もない財政ではとてもできぬ」

土屋相模守が力なく首を左右に振った。

「上様は、外様大名どもに御手伝い普請を命じればすむと仰せられた」

「無茶だ」

「加賀の前田《まえだ》、薩摩の島津《しまづ》、肥後《ひご》の細川《ほそかわ》、仙台《せんだい》の伊達《だて》らでももつまい。一家ではもちろん、すべてにさせてもだ。どこもそれだけの余裕はない」

大久保加賀守の話に、老中たちが困惑した。

「今、そのような御手伝い普請を命じてみろ。家を潰すための口実だと言われかねないぞ」

土屋相模守が告げた。

「叛乱《はんらん》にはなるまい」

大久保加賀守が否定した。

「たしかにな。だが、城中は騒然となるぞ。いまどき無用な天守閣を造るなど、とても正気の沙汰とは思えぬ。その正気の沙汰でない御手伝い普請を命じられた外様大名たちが反発するのはもちろんのこと。命じられずにすんだ連中も、いつまた同じような無駄な御手伝い普請を押しつけられるかと恐れおののく。天下は騒然とするぞ」

戸田山城守が述べた。

「天下騒然の責任は誰が取る」

土屋相模守が一同を見回した。

「天守閣建造を命じた上様に責任など、とれるわけなかろうが」

大久保加賀守が返した。

「当然だ。上様は天下の主、なにがあってもお傷をつけるわけにはいかぬ」

「となると……」

「責任を負うのは、我らになる」

老中たちがため息を吐いた。

「さて、意見も出尽くしたようである。あまり長く他人払いもできぬ」

土屋相模守が場を仕切った。

「どうお答えすべきであるか」

就任年限の長い大久保加賀守が訊いた。

「お留《とど》まりいただくしかあるまい」

戸田山城守が応じた。

「どうやって」

返答する立場の大久保加賀守が問うた。

「むうう」

「……………」

誰も答えなかった。

「上様のお怒りを覚悟して……」

「他人事だと思っておるな」

口を開いた阿部豊後守を、大久保加賀守が睨みつけた。

「……………」

一瞬口ごもった阿部豊後守が顔を上げた。

「それが月番老中のお役目でございましょう」

老中になるだけのことはある。先達の睨みに阿部豊後守が抵抗した。

「そうじゃな。そのための月番である」

土屋相模守が首肯した。

「たしかに」

「それが月番の役目である」

他の老中たちも次々に同意した。

「…………」

責任を押しつけられた大久保加賀守が沈黙した。

「……どうやって」

やっと大久保加賀守が声を出した。

「それくらい考えてくれてもよかろう」

大久保加賀守が求めた。

「いきなりお断りはまずかろう。それこそ、執政衆をすべて入れ替えると言い出されかねぬぞ」

連帯責任だと大久保加賀守が脅した。

「そうよな。断れぬと言うならば、先延ばしにしてときを稼ぐしかあるまい」

「どうやって」

土屋相模守の言葉に、大久保加賀守が訊いた。

「駄目だと言わずに、先延ばしか……」

「…………」

一同が悩んだ。

「図面を引かさなければというのはどうじゃ」

土屋相模守が提案した。

「甲良《こうら》に命じてさせる……なるほど」

大久保加賀守が納得した。

甲良とは、幕府作事方大工大棟梁《だいとうりよう》を世襲した家である。伏見《ふしみ》城の修復を担当したことで徳川家康に見いだされた。後、江戸へ迎えられ、寛永寺五重塔、日光東照《にっこう》宮の造営を指揮、その褒美《ほうび》として百俵と市《いち》ヶ谷《や》に屋敷を拝領した。

明暦の火事で灰燼に帰した江戸城の修復にも尽力しており、その建築技術は、中《なか》井《い》家と並んで当代一だと言われていた。

「天守閣となると、図面を引くだけで何年もかかるであろう」

「とくに天下人の居城ともなると、天守閣も相応に大きなものになる。高くなればなるほど、難しくなる。当然、ときも喰う」

戸田山城守の言葉に、大久保加賀守が頬を緩めた。

「ご返答してまいる」

落ち込みを一掃した大久保加賀守が、意気揚々と出ていった。

ほっと息を吐いて、土屋相模守たちが自席へ戻った。

「ふうう」

「やれやれ」

大久保加賀守の目通りを、すぐに綱吉は許した。

「どうする」

綱吉が可否を問うた。

「上様のご提案、至極ごもっともと御用部屋一同異論ございませぬ」

「そうであろう。うむ、うむ」

大久保加賀守の返答に、綱吉が満足げに何度もうなずいた。

「では、ただちに御手伝い普請を命じよ」

「お待ち下さいませ」

「なんじゃ」

機嫌良く指示を出した綱吉が、大久保加賀守の制止に表情を変えた。

「御手伝い普請をさせるには、見積もりを立てねばなりませぬ。完成まで何日かかるか、何人の大名に命じ、どこを誰にさせるか、費用はいかほどになるかなど」

「勘定方、作事方、普請方にさせればよかろう」

大久保加賀守の話に、綱吉が不機嫌になった。

「上様」

「だからなんじゃ」

見上げられた綱吉が、声を尖らせた。

「上様がお望みの天守閣でございますが、先代家綱さまのおりに計画されたものをそのまま造営するのでよろしゅうございましょうや」

「むっ」

言われた綱吉が詰まった。

「再建はなされませんでしたが、あの火事の後、幕府は天守閣の図面も引かせておりました。あれをそのまま流用させていただけるならば、すぐに見積もり作業に移れまする。家綱さまの天守閣は五重六層、家光さまのお建てになったものを模したと言われておりまする」

「待て……」

説明する大久保加賀守を、綱吉が抑えた。

「…………」

将軍が黙れと言ったのだ。大久保加賀守は、しゃべってよいと許可が出るまで、口を噤《つぐ》まなければならない。

「兄のもの……」

一気に綱吉の表情が険しくなった。

「……これは」

顔色であるていどのことを見抜けないようでは、老中など務まらない。大久保加賀守が気づいた。

「上様、発言をお許しいただけましょうや」

黙っていろとの命令を撤回してもらうためには、発言しなければならない。矛盾であるが、それをしなければならない決まりである。

「申せ」

「先代さまがなされなかった天守閣を、上様がお建てになる。これほどのご孝養はございませぬ。天下万民上様のお心に畏れ入りましょう」

大久保加賀守が、家綱の計画した天守閣を勧めるような発言をした。

「…………」

一層、綱吉の眉間《みけん》のしわが深くなった。

「やはり……」

その様子を見て大久保加賀守が、口のなかで呟いた。

「しかし、それでは上様のお考えである武家への崇敬にはなりますまい。寺を一つ建てるのと同じ。民草《たみくさ》は感心しましょうが、畏敬は抱きませぬ」

「そうである。そうだの」

綱吉が首肯した。

「天下に上様のご威光を知らしめる。それには、先代さま、いえ、初代神君家康さまがお建てになったものをこえる天守閣こそふさわしいと、加賀守愚考つかまつりまする」

言い終えて、大久保加賀守は綱吉の目を見られず、平伏した。

「よくぞ、申した」

吾が意を得たりと、綱吉が膝を叩いた。

「かつてどこにもなかったほど壮大な天守閣を建てる。それでこそ、天下万民は将軍家の威光を知り、武家への崇敬を高める」

綱吉が一人気炎を吐いた。

「甲府、御三家なども、将軍の威勢を目《ま》の当たりにして、さぞや肝を冷やすであろう」

「仰せの通りでございまする」

平伏したまま大久保加賀守が同意した。

「躬の天守、古今無双《ここんむそう》か」

うれしそうに綱吉が口にした。

「となりますると、天守台から変えねばなりませぬ。今あるものは、加賀藩に命じて造らせたものでございまするが、天守閣をあきらめた関係上、いささか小振りとなっておりますれば、上様の天守閣を支えるには無理があるかと」

「当然であるな。上に載るものが大きくなれば、土台もそれに比さねばならぬ」

綱吉が認めた。

「それだけの天守台を設けるとなりまするると、場所の選定から始めなければなりませぬ。方角も確認し、上様の御世がいやさかになるように考えて」

「うむ」

「京から陰陽《おんみよう》博士を招かねばなりませぬ。ただちに、その手配を」

大久保加賀守が退出を求めた。

「さがってよい」

綱吉が手を振った。

柳沢保明は、綱吉に付いていた小姓から天守閣の一件を報された。

「ご苦労であった」

君側《くんそく》第一の寵臣となった柳沢保明に小姓のほとんどが膝を屈していた。

「天守閣を再建なさる……」

小姓を帰し、一人になった柳沢保明が苦い顔をした。

「不要ゆえに、今ないのだがな。上様もお焦りなのだろうな」

柳沢保明は嘆息した。

「それをわかっていながら、宥《なだ》めるどころか煽《あお》るなど……執政にあるまじきことだ。上様はご英君であられる。老中が職を賭してお諫《いさ》めすれば、きっとおわかりいただけようものを。吾が身かわいさに逃げ出すなど、言語同断」

柳沢保明があきれた。綱吉のことはもっともよく知っている。綱吉がかなり浮き沈みの激しい性格であり、怒れば手が付けられなくなることもわかっている。それでも柳沢保明は、老中たちが情けなかった。

「そのような連中が執政では、上様のご治世の役に立たぬどころか、足を引っ張りかねぬ。百年先に上様のご治世はよろしくなかったなどと言われてはたまらぬわ」

小旗本から大名に引きあげてもらったのだ。柳沢保明は、ただ綱吉に対して忠誠を尽くしていた。

「やはり余が、執政にならねばならぬな。悪名を引き受け、上様に天晴《あっぱ》れ名将軍という誉《ほま》れを捧げるには。吾は柳沢家百年の礎《いしずえ》となる」

柳沢保明が呟いた。

「申しわけなき仕儀《しぎ》だが、上様に吾が出世をお願いいたそう」

側用人控《ひかえ》から御休息の間へと柳沢保明が移動した。

四

北野止斎からの報せは、工藤小賢太を圧迫していた。

「相手は幕府……」

将軍から妻と娘を守らなければならなくなった。

「味方はなし」

かつては大留守居北野薩摩守が味方であり、御広敷添番や退き口衆などが手伝ってくれた。それが、今回は敵ではないとはいえ、力を貸してはくれない。

「あのころよりも、剣は遣えるようになった」

天守番《てんしゅばん》で不意を打たれたときから、何度も実戦を重ねた。

「一度の実戦は、百の稽古に優る」

兄弟子で師でもある小田切一雲の言葉である。それを小賢太は身をもって知った。あの騒動を終えてから、小賢太は小田切一雲と一度、さらに稀代《きたい》の天才真里谷円四郎とも一度、相抜けを経験していた。

「一人では無理だ」

小賢太は現実をよく見ていた。江戸で敵なし、まさに天下無双と言われている真里谷円四郎と一度とはいえ引き分けている。小普請旗本として生活し、剣術遣いとしては表に出ていないため、無名ではあるが小賢太の腕は、かなりのものである。

「一人で戦えるのは、せいぜい五人。飛び道具を出されては、一対一も危ない」

腕自慢は、己の強さに酔い、不敗だと思いこむことが多い。だが、実戦を積んだおかげで、小賢太は、それに陥らずにすんでいた。

「一日中、側《そば》にいてやれるとはいえ……」

小普請組は無役の旗本を意味する。役目がなければ、出仕しなくてよく、一日家にいられた。

「それでも面談日には出かけなければならぬ」

無役の旗本を集めた小普請組には、月に一度の面談日があった。それぞれが属する小普請支配組頭のもとへ出向き、どのような特技があり、どんな役目に就きたいかの希望を述べるのだ。

小普請支配組頭は、この面談を通じて、個々の適性を見抜き、役目を斡旋《あっせん》、あるいは推挙する。役目に就いて増禄、出世を願う小普請旗本にとっては、重要な日であった。

「病を言い立てて休むこともできるが……目立つな」

小普請組という役立たずの集まりから抜け出る機会なのだ。皆、多少の病など押して出てくる。そんななかで、何度も面談を休めば、浮いてしまう。

「下手すれば、やる気がないとして咎めを受けかねぬ」

小普請支配組頭は、無役の旗本たちの生殺与奪《せいさつよだつ》の権を握っている。嫌われてはまずい。

かつて三河以来の名門旗本だった工藤家は、父が書院番士のときに居眠りをするという失策を犯し、そのために家禄を削られたうえ御家人に落とされた。

失意のうちに死した父から家督を受け継いだ小賢太は、手柄を立てて工藤家の禄を旧に復し、家格も旗本に戻すことを悲願としていた。

その思いを大留守居だった北野薩摩守は利用し、小賢太を走狗《そうく》として使った。

結果、小賢太は美しい妻と三人の子供を手に入れ、奪われた家禄と目見え以上の格を取り戻した。

だが、小賢太にとって、家禄と身分の重みは軽くなった。

何よりも大切なものは家族であった。

「徳川の家は続きましたが……家綱さまのお血は外されてしまいました」

満流の言葉が、小賢太を変えた。

「家はなんのためにある」

小賢太は考えた。

「吾が子孫に美田を残してやりたいからこそ、先祖は命を捨てられた」

乱世、手柄を立てて褒賞をもらうため、戦場で男たちは命をかけた。そして、得た家禄は、代を重ねても保証された。

戦場で無敵を誇った豪《ごう》の者の子供が、かならず強いとはかぎらない。それこそ、戦いに参加できないほどの虚弱者、あるいは臆病者でもかかわりなく、相続できた。

「それがいつの間にか、家名を残すことに変わってしまった」

戦がなくなり、泰平になって、武家の家禄は財産、いや、権利になった。血を引いていなくても、家名を継げば、禄を与えられる。

「家名が売り買いされる」

泰平の世である。豊臣秀吉のように、百姓から武士、天下人へのし上がることはできなくなった。幕府は、秩序を守るために、身分を固定した。

武士の子は武士、商人の子はなにがあっても武士にはなれない。武士が上で商人が下。だが、これはわずか五代で崩れた。

戦いがなくなったおかげで、力は刀から金へと移動した。この結果、表向きは武士が上だが、その実権は商人に奪われた。

商人から金を借りていない武士はまずいない。金を貸してくれた相手には、武士といえども頭を下げなければならない。返済期限に間に合わないときは、辞を低くして頼みこまなければならないのだ。

武家に頭を下げさせた商人だったが、世間に出れば四民のもっとも下扱いなのだ。

それを不満に思った商人たちが、金で武士の身分を買い始めた。

株の売り買いと呼ばれたそれは、幕臣の証である系図と禄の支給を受けるのに要る切手を金に換える行為であった。

困窮している幕臣に持参金を積んで、商人の子供を養子とさせる。届け出られた養子は、実子と同じ扱いになり、当主が隠居した後家督を継げる。

もちろん、忠義の根底を崩す行為である。幕府は株の売り買いを厳しく咎めた。売った幕臣は切腹、家は改易、買った商家も闕所《けっしょ》を命じられる。それでも、株の売り買いは根絶されなかった。

「先祖の功績を金で売る」

初めて株の売り買いを聞いた小賢太は開いた口がふさがらなかった。

「なんのための……」

家を譲る意味が小賢太にはわからなくなった。

それが満流を妻に迎え、沙代を娘とし、さらに吾が子ができたとき、答えが出た。

「吾が子は愛しい。譲れるものは、子にやりたい」

すべての生き物が持つ思いであった。

さらにそれは昇華《しょうか》していく。

「家よりも子供が大事である」

武家の考えとしてはまちがいだと小賢太はわかっている。だが、家綱から綱吉への代替わり、その裏側を見た、いや、巻きこまれた小賢太は、武士というものの価値を見失った。

「権力のためなら、女子供でも殺そうとする」

小賢太は、家綱の子供を身ごもっていた満流を守って剣を振るった。相手はときに大老であり、ときに御三家であった。

「家など生きてさえいれば、どうにでもなろう」

小賢太はそう悟った。以来、出世を求めず、妻や子供との平穏な日々に価値を求めてきた。

「そこに水を差し、波紋をふたたび生み出そうというのか」

北野止斎から聞かされた危機に、小賢太は憤った。

「あなたさま」

北野止斎の去った後、縁側で一人苦悶《くもん》していた小賢太の隣に、満流が坐った。

「子供たちは」

「もう休ませました」

問うた小賢太に満流が告げた。

「そうか、そなたも休め」

夫婦としてのときを重ねた小賢太は、家綱の側室だった満流を妻として扱えるようになっていた。

「なにを悩んでおられまする」

寝ろといった小賢太に、満流が訊いた。

「……………」

「薩摩守さまでございますね」

黙った小賢太に、満流がため息を吐いた。

「わたくしと沙代のことでございましょう」

「な、なぜ」

小賢太は満流の言葉に驚いた。

「わたくしが桜田御用屋敷を出てから、一度もお出でになられたことのない薩摩守さまが、いきなりお見えになり、そのあとからあなたさまが悩んでおられる」

満流が小さく首を振った。

「となれば、一つしかございますまい。どこからか、わたくしと沙代のことが漏れましたのでございますね」

「……………」

「黙っておられては、肯定されていると受け取りますよ」

満流が苦笑した。

「わたくしたちの命を狙う者が参りますか」

怯えることなく、満流が述べた。

「……すまぬ。どこからか、漏れたようだ」

小賢太は頭をさげた。

「あなたさまがお詫びになられることではございませぬ」

柔らかく満流が否定した。

「しかしだな」

「いけませぬ」

まだ言いつのろうとした小賢太を、満流が制した。

「このたびばかりは、わたくしと沙代が主役で、あなたさまは脇役でしかありませぬ」

毅然《きぜん》とした態度で、満流が告げた。

「…………」

小賢太は黙るしかなかった。

「本来ならば、先代さまがお亡くなりになったとき、お供をすべきわたくしでございました」

思い出すように満流が空を見上げた。

「あのとき、わたくしのなかにはお血筋がお宿りになられておりました。和子ならば、正統なる跡継ぎさま。そのお方を連れて、上様のお供はできませぬ。わたくしは身二つになるまでと御用屋敷に移りましてございまする」

「満流……」

「そして沙代が生まれました。娘ができ、わたくしは母となりました。娘を育てるため、わたくしは生きて参りました」

満流が続けた。

「やがて、わたくしと沙代を狙う者たちが出没し、命を守るため、薩摩守さまのご提案で、死んだ形を取り、あなたさまのもとへと参りました」

そっと満流が小賢太の右手を握った。

「あなたさまと夫婦《めおと》になり、新たに二人の子供を授かり、妻として、母としてしあわせな日々を知りました」

「なにをいうか。吾こそ、そなたのおかげで、人としての幸せを知った」

小賢太が満流の手を握り返した。

「ありがとう存じまする」

満流がほほえんだ。

「そろそろ返すべきときが来たのでございましょう」

「なにを言うのだ」

さみしげに満流が告げた。

「沙代は置いて参りまする。まだ九歳の沙代は、家族としても、女としてもこれから経験を積み、楽しみ、悲しみ、育っていかねばなりませぬ。でなければ、生まれてきた甲斐《かい》がございませぬ。どうぞ、沙代を哀れと思《おぼ》し召《め》し、お願いいたしまする」

「だから、なにを言っている」

小賢太が満流を見つめた。

「わたくしが、柳沢さまのもとへ出向きましょう。そこで、わたくしが沙代の死を語れば、これ以上の追及はございますまい。産みの母が消えれば、なに一つ先代さまからいただいていない沙代でございまする。誰も沙代をお血筋と思うことはございますまい」

己の死を代償にすれば、沙代を利用することはできないだろうと満流が述べた。

「馬鹿を申すな」

聞いた小賢太が怒鳴りつけた。

「母を犠牲にして、沙代が幸せになれるとでも思うのか」

「それは……」

満流がうつむいた。

「沙代だけではない、小市郎、順《かず》の二人は……」

小賢太は二人の間にできた長男と次女の名前をあげた。

「…………」

「吾はどうすればいい。そなたを失うのだ。それも敵わぬと降伏して差し出すようなまねをさせられた吾は」

「あなたさま」

泣くような声を出した小賢太に、満流が驚いた。

「夫婦となったことで、吾なりに慈しんできた。そなたも慕ってくれたと思っている」

「もちろんでございまする」

確認を求めた小賢太に、満流が強く応じた。

「ならばわかっていよう。そなたを見捨てて、生き延びろというのは、吾に死ねと命じるも同じだぞ」

「決してそのような……あなたさまと子供たちに生きていて欲しいと思えばこそ」

満流が首を左右に激しく振った。

「身体は生きよう。だが、心は死ぬ」

「心が……」

小さく首を左右に振った小賢太に、満流が息を呑んだ。

「人は心を殺して生きてはいけぬ。心を殺すといわれた忍《しのび》でさえ、内側に熱い想いがあった」

甲州《こうしゅう》忍の末である退き口衆と共闘したことのある小賢太は、身内の死を従容《しょうよう》として受け入れていながら、その裏側で静かに慟哭《どうこく》していると知っていた。

「吾はあのときに決めたのだ。もう、誰も死なせぬとな」

小賢太が宣した。

「妻や子を守るのが夫の仕事である。そして妻は、子を守り、夫を支えるのが仕事であろうが」

「支える……」

己が原因だと思いこんでいる満流が困惑した。

「夫が戦うと決めたのだ。妻のすることは決まっているだろう」

「留守城の守りでございますね」

満流が述べた。

戦国のころ、出陣する夫を見送った妻は、己も武装して夫の帰りを待った。これは、男手の留守を狙って、屋敷を襲う盗賊がいたからであった。

「それもある。それ以上に……」

すっと小賢太は息を吸った。

「……折れそうになったときに、支えて欲しい」

先ほど味方が居ないことに落ちこんでいたのだ。小賢太は孤軍奮闘するだけの覚悟ができていないとわかっていた。

「支えるとは、その意味でございましたか」

満流がじっと小賢太を見つめた。

「あなたさまは無敵だと思っておりました。初めてあなたさまを知ったのは、代参《だいさん》に出た帰りでございました」

将軍家綱の側室だった満流は、諸方から狙われていた。とくに家綱の後を狙っている連中は、なんとかして満流を亡き者にしようとした。家綱の子供を産むかも知れない満流は、邪魔者でしかなかった。

満流が狙われている。それを知った大留守居北野薩摩守は、天守番として曲者を屠《ほふ》った小賢太の腕を見込み、満流の警固に付けた。そして、北野薩摩守の狙い通り、将軍家の代参として寛永寺へ出た満流を襲った刺客を小賢太は討ち取った。

そのときは、将軍家の側室と目見えもできない御家人だった小賢太では身分が違いすぎ、顔を合わせなかったが、その後家綱の死を受けて円明院となった満流付き用人に出世したことで頻繁に話をするところまでいった。

「そんなこともあったな」

沙代が生まれる前の話である。小賢太も懐かしんだ。

「あのころは、退き口衆が手を貸してくれた。薩摩守さまという後ろ盾もあった」

だが、思い出は、今の現実を浮き彫りにする。

小賢太は表情を厳しくした。

「今回は、なにもない」

「いいえ」

握っている小賢太の手を、満流がもう片方の手を添えて包みこんだ。

「ございまする。かつてのあなたさまになかったもの。それはわたくしと子供たち。あなたさまが剣を振るう理由となる者が」

「剣を振るう理由……か」

妻の言葉に、小賢太は天を仰いだ。

「あのときは命じられるままに流されていた……いや、満流を知ってからは、守らねばと思って戦ったがな」

「はい」

少しだけ満流の握る手に力が入った。

「戦う理由はなかった。家を旧に復したいという欲でしかなかった」

小賢太は述懐した。

「だが、今度は違う。理由がある」

「あなたさま」

満流が小賢太を見上げた。

「…………」

無言で小賢太は、満流の手を引いた。

柳沢保明の行動は、慎重であった。

「まずは、円明院さまの確認をせねばならぬ」

疑いだけで、先代将軍の側室の名誉を傷つけるわけにはいかなかった。下手すれば、寵臣とはいえ、無事ではすまなくなる。

「実家を訪ねるか」

綱吉には朝と夕の目通りだけで、日中の自儘《じまま》を許してもらっている。

柳沢保明は、満流の実家である佐伯《さえき》を訪ねることにした。

「……佐伯でございますか」

問われた右筆立岡伊之介が首をかしげた。

「屋敷はどこで、当主は誰かを調べよ」

「……佐伯」

立岡伊之介が困惑した。

「おわかりのことがございましたら」

右筆はあらゆることに通じている。とはいえ、数万ある旗本、御家人のすべてを記憶するなどはできなかった。

「円明院さまの実家じゃ」

「ああ、円明院さまの」

立岡伊之介が手を打った。

「先代さまの側室の実家の割りに、覚えておらぬのか」

柳沢保明が怪訝な顔をした。

「円明院さまは、お部屋さまではございませなんだので」

右筆ほど前例に長《た》けたものはいない。幕府での慣習のほとんどを暗記している。

「お部屋さま……」

「はい。お部屋さまではない側室方は、皆、中臈扱いでございまして、大奥を辞めた後までは追いませせぬ。ただ、円明院さまは、先代上様のお子さまをご懐妊なされたので、特別に桜田御用屋敷へとお移りいただき、五十人扶持《ぶち》を給しておりました」

「待て。上様のお子を産んだ女は、お部屋さまになるのではなかったか」

柳沢保明が、説明を求めた。

「さようでございまする」

立岡伊之介が認めた。事実、綱吉の館林時代からの愛妾《あいしょう》お伝の方は、大奥に移るなりお部屋さまとして遇されていた。

「ただ円明院さまが、身二つにお成り遊ばしたとき、すでに先代さまはお亡くなりになっておられました」

「将軍が代われば、側室の扱いも変わる」

「ご明察でございまする」

すっと理解した柳沢保明に、立岡伊之介が感心した。

「そうか……」

柳沢保明が複雑な顔をした。

「だが、先代さまのお手が付いたのだ。円明院さまのご実家は、相応のものを与えられたであろう」

「いいえ」

立岡伊之介が首を左右に振った。

「加増、役付、屋敷拝領など、なにかしらの褒賞があれば、覚えておりまする」

はっきりと立岡伊之介が否定した。

「なにもないのか」

お伝の方の父は、黒鍬者である。黒鍬者は江戸の辻を管理する役目で、身分は武士ではない。名字も持たず、中間《ちゅうげん》のようなものであった。その黒鍬者の父は、お伝の方に綱吉の手が付いたおかげで、今や千石取りの旗本である。あいにく死んでしまったが、綱吉とお伝の方の間に生まれた徳松が、もし六代将軍の座に就いていたら、旗本から大名への出世もありえた。

それを見てきた柳沢保明には、信じられなかった。

「ご入り用ならば、調べて参りまするが」

呆然とした柳沢保明に、立岡伊之介が申し出た。

「頼む」

「しばしお待ちを」

依頼した柳沢保明を残して、立岡伊之介が去った。

「出羽守どのではないか」

柳沢保明が一人になるのを窺っていた旗本らしい壮年の男が近づいてきた。

「ご貴殿は……」

普段、城中の御休息の間に詰めているだけの柳沢保明は、他の役目を持つ者に疎い。綱吉に目通りを願う執政衆や大名などはわかっていても、それ以外となるとまったく判別がつかなかった。

「一度お屋敷でお目にかかっておるのだがの。伊坂修理亮《いさかしゅりのすけ》でござる」

「伊坂氏……」

親しげに伊坂修理亮と名乗った旗本に、柳沢保明が戸惑った。

「このような場所まで来られるとは珍しい」

柳沢保明の様子を無視して、伊坂修理亮が続けた。

「ちょうどお伺いしたいことがござったので、ありがたい」

「……なんでござろう。お答えできぬこともござるぞ」

あらかじめ柳沢保明が伏線を張った。

「噂で耳にしましたが、ご天守を再建されるとは」

「……もうご存じか」

拡がりの速さに、柳沢保明が驚いた。

「では、真でござるな」

伊坂修理亮が満足げにうなずいた。

「普請奉行どのはどうでございましょう」

「別段どうと」

まだ正式に決まったわけでもない。なにを問うているのかと柳沢保明は尋ねた。

「天守台を壊されると」

「上様のなされることでござれば、壮大なものでなければなりますまい」

柳沢保明は、綱吉の名を上げるためならば、どのようなことでもすべきだと思っていた。

「それでござる。天守台に……」

言いかけた伊坂修理亮が、急にあたりをはばかるように声を潜めた。

「天守台になにがござる」

焦らそうとする伊坂修理亮に、柳沢保明が苛立った。

「これをお話ししてよいかどうか……」

「上様にご貴殿のお名前をお伝えしておこう」

伊坂修理亮の求めるものがなにか、柳沢保明はわかっていた。

「それはかたじけない。じつは拙者、十年前まで普請奉行をしておりましてな。そのときにいささかみょうなことが申し継ぎにございました」

「みょうなこととは」

さっさと話せと柳沢保明が急かした。

「天守台には触れるなと」

「むっ」

柳沢保明が目を大きくした。

「それは一体……」

「詳細はわかりませぬ。ただ、先達より天守台には手を出すな。たとえ、崩れそうになったとしてもそのまま朽《く》ちるに任せるようにいたせと」

「貴殿は、それを聞いてなにもなさらなかったのか」

不思議な指示をそのままにしていたのかと柳沢保明が咎めた。

「なにができると仰せかの」

伊坂修理亮が睨《ね》めつけるような目をした。

「同役、先達、配下。そのどれもが見張っているような状況でござるぞ」

「…………」

言われた柳沢保明が黙った。

今でこそ、柳沢保明も綱吉君側第一の寵臣として、威を張っているが、少し前までは、ただの小納戸でしかなかった。

小納戸は将軍の食事の世話、居室の掃除など、身の回りの世話をする。当然、その仕事振りを将軍自ら評価するだけに、出世の糸口となりやすい。

となれば、誰もがその役目に就きたくなる。また、役目に就いたなら就いたで、どうやって同僚よりも目立つかで争うことになる。

小納戸や普請奉行だけではない。幕府の役目のどれも、同僚こそが最大の敵であった。

「出羽守さま」

そこへ立岡伊之介が戻ってきた。

「おう、お役途中でござったか。では、これで失礼いたしましょう。伊坂修理亮でござった」

念を押すようにもう一度名乗って、伊坂修理亮が離れていった。

「…………」

「いかがなされました」

険しい顔で、伊坂修理亮の背中を見送っている柳沢保明に、立岡伊之介が訊いた。

「……なんでもない。いや、あとにしよう。まずは、報告を」

「はっ。佐伯伝右衛門《でんえもん》は、七百石で、大番士《おおばんし》を務めておりましたが、先年お役を免じられ小普請入りいたししております。」

「なんだと……小普請。先代上様のご側室の実家が」

　あり得ないと柳沢保明が驚いた。

「念のため、家譜を遡りましたところ、もとは織田信長さまの父信秀《のぶひで》さま家臣で、のち神君家康さまに仕え、小牧長久手《こまきながくて》の戦いで討ち死、今は五代目になりまする」

「加増などは」

「三代目が伏見城御番をしておりましたときに、七百石となり、そのままでございまする」

「待て、円明院さまは、誰の娘だ」

「当主ではなく、四代目伝右衛門の三男十左衛門安清《じゅうざえもんやすきよ》の娘であったと記録にはございまする」

　立岡伊之介が答えた。

「当主でなく、部屋住《へやずみ》の娘か。口減らし、あるいはその美貌で、上様のお手が付くことを狙ったか」

　部屋住とは、当主ではない成人した男子のことだ。そのほとんどが縁を探して養子にでるが、なかには死ぬまで実家で暮らし、厄介者《やっかいもの》扱いされる者もいた。

「十左衛門の召し出しもないのだな」

「はい」

柳沢保明の確認に、立岡伊之介がうなずいた。

「どうなっているのだ」

将軍の手が付いた女中の実家は出世するのが、慣例であった。それを狙って娘を差し出す者も多い。柳沢保明が困惑した。

「今、実家には円明院さまのご生母あてに二十人扶持が与えられておりますだけで」

「二十人扶持……」

「さようでございまする。もとは御用屋敷に隠棲なされた円明院さまに支給されていた合力米五十人扶持でございまする。そのご逝去を受けて、母に継承されたとき三十人扶持を取りあげたと記録にございました」

「十左衛門ではなく、その妻にか。なぜだ」

「円明院さまのご逝去の前に、十左衛門が死んだからではないかと」

「ほう、父が死んだからか」

柳沢保明が腕を組んだ。

「では、母が死ねば、合力米は取りあげられるのだな」

「となりましょう。どうやら円明院さまの上に一人息子がおるようでございますが……代を継いでの合力は例があまりないので」

立岡伊之介が右筆としての知識を披露した。

「息子、円明院さまの兄……使えるかも知れぬな」

柳沢保明が呟いた。

第四章　血族の澱《おり》

一

紀州家には三代将軍家光の弟忠長の隠し子と言われる長七郎《ちようしちろう》の血統が残っていた。

そう嘯《うそぶ》く遺児を紀州家はひそかに匿《かくま》っていた。

「吾こそ正統なり」

「五代将軍になさるべきである」

家綱の継承者がまだ未定のとき、紀州家付け家老の一人新宮《しんぐう》城主水野《みずの》土佐守《とさのかみ》重上《しげたか》が、大留守居だった北野薩摩守に申し出た。大留守居は、将軍不在のおり、江戸城を守るために旗本頭となる。その影響力は大きい。水野土佐守は旗本たちを後ろ盾にしようとしたのだった。

しかし、その策は北野薩摩守の拒否にあった。

「出自さえあきらかでないお方を、お血筋と認めるわけには参らぬ」

北野薩摩守はそう言って水野土佐守を帰した。

駿河大納言《だいなごん》忠長は、兄三代将軍家光への謀反の罪で、高崎《たかさき》へ流罪になり、後に自害を命じられている。謀反は天下の大罪である。こればかりは徳川の一門でも除外されない。初代徳川家康の六男忠輝《ただてる》が、その前例となっていた。二代将軍秀忠への叛意を抱いたという、曖昧な理由で所領を取りあげられた忠輝は、伊勢朝熊《いせあさま》に流された。死を賜らなかったが、その罪は連座し、息子徳松《とくまつ》も武州岩槻《ぶしゅういわつき》に預かりとなった。

となれば忠長の子供も同じ扱いを受けなければならない。なにより忠長には子供がいなかったとされている。生母の身分が低く、届け出ていないということもあるが、徳川の系譜に記載されていない限り、公子としては認められない。

端から水野土佐守の申し出には無理があった。

「後悔することになりますぞ。お血筋には徳川の秘事が伝わっておりまする。それを天下につまびらかにすれば……」

水野土佐守の脅しは、小賢太と北野薩摩守の手によって無に帰した。天守台に隠されていた徳川最大の秘事は、北野薩摩守によって闇に葬られた。

結果、将軍は綱吉になり、紀州家にいるはずの駿河大納言忠長の血筋は、ふたたび闇に沈んだ。

「証文の出し遅れじゃ。生まれてすぐに幕府へ届け出たならばまだしも、咎めを受けることを恐れ、隠してきた者を今更出しても、誰が相手にするか」

将軍となった綱吉が、駿河大納言忠長の孫がいるという話を聞いたとき、それを鼻先で笑った。

「なによりも謀反の罪で自害を命じられた忠長の血統が、ふたたび世に出られるはずはない。放っておけ」

紀州家をどうしますかと問うた堀田筑前守正俊に、綱吉は手を振った。

「いや、鶴の嫁ぎ先にちょうどいい。弱みを握っておけば、鶴の扱いが悪くなることはないだろう」

娘を溺愛した綱吉は、紀州の失態を利用した。結果、鶴姫は通常をはるかにこえるお付きの家臣を連れて輿入れした。紀州家の上屋敷の奥は、まるで大奥の別邸であった。

そのときも天守台のことはでていたが、直後堀田正俊が刃傷で殺されるなどがあり、いつの間にか忘れられていた。

「ここに来て天守台とはな」

諸所を調べて回った柳沢保明は、それが天守台に集約されることに気づいた。すでに小納戸として綱吉の側にあった柳沢保明は、天守台という言葉があったことをかろうじて覚えていた。

「記録はあるか」

出世を餌に取りこんだ右筆立岡伊之介に、柳沢保明が問うた。

「先代さまのおり、天守台に曲者が入ったとの届出が目付部屋から出されておりまする」

本来の役目を放り出して、柳沢保明に取り入った立岡伊之介が答えた。

「その記録をこれへ」

「しばしお待ちを」

立岡伊之介が右筆部屋に戻った。

「書庫に」

右筆部屋は二階建てであった。一階の座敷で右筆が職務に就き、二階に過去の記録が年代、あるいは事象ごとに分けられて保管されていた。

「待て」

階段を上がろうとした立岡伊之介を右筆頭が止めた。

「なんでござろう」

目上から声をかけられたならば、身体ごと向き直って姿勢を正すのが礼儀である。しかし、立岡伊之介は階段に片足をかけたままで首だけ振り向いた。

「きさま……」

右筆頭が無礼に憤った。

「柳沢出羽守さまの御用中でござる。急ぎとのご指示であれば」

「むっ」

寵臣の名前に、右筆頭が一瞬ひるんだ。

「いや、問題はそれじゃ。右筆は幕政すべてを知る。その力は幕政を左右する」

前例で動く幕府である。その前例を調べ、管理する右筆は、身分をはるかにこえた力を持つ。

「不偏不党が右筆になるときの誓いであろう」

右筆頭が、立岡伊之介をたしなめた。

「幕府のために右筆はあると」

「そうじゃ。一人権門《けんもん》のためにあるわけではない」

確かめた立岡伊之介に、右筆頭が首肯した。

「幕府は上様のもの。そして出羽守さまは、上様の側近であられる。出羽守さまは上様に代わってわたくしに命をくだしておられるのでございまする」

「詭弁じゃ」

立岡伊之介の弁明に右筆頭があきれた。

「ならば出羽守さまより上様にお願いして、許しを得て参りましょう。頭が上様のお言葉を求めているとして」

「それは……」

言われた右筆頭が詰まった。

将軍の寵臣に信用できないと告げたも同じである。それこそ、どのような報復を受けるかわからなかった。

「お急ぎでござれば……」

反論できなくなったと見た立岡伊之介が、階段をあがっていった。

「…………」

右筆の座敷を沈黙が支配した。

「一同」

ようやく気を取り直した右筆頭が、声を出した。

「以降、立岡に書付を回すな」

「よろしいので。仕事がなくなれば、すぐに気づきましょう」

村八分にすると言った右筆頭に、老年の右筆が発言した。

「……ならば、勘定方と町方のものをさせろ」

勘定方の書付はそのほとんどが収支の、町方の書付は城下で起こった犯罪などの報告で、政にかんするものは少ない。

「気づくと思いまするがの。わかりましてござる。皆、そうせい」

まだ懸念を残しているが、頭の命令である。老年の右筆が後輩たちに述べた。

右筆は書付の専門家である。老中や若年寄などから、前例の確認を求められることも多い。そのときに手間取っていては、能力を疑われる。権力者という者は、短気なのだ。

となると、膨大な資料のどこになにがあり、なにが書かれているかを右筆は知っていなければならない。立岡伊之介は、その点において優秀であった。

「お待たせをいたしましてございまする」

保管された数万をこえる書付のなかから、すばやく数枚の書付を見つけ出し、柳沢保明のもとへと戻ってきた。

「うむ」

満足そうにうなずいた柳沢保明が、書付を見た。

「……天守台に曲者……天守番一人が斬られ、もう一人が奮闘撃退だと」

当時、館林藩士だった柳沢保明は、この一件を知らなかった。

「撃退したのは天守番工藤小賢太でございました。のち、工藤は御広敷添番へと転じておりまする」

「御広敷添番だと。御広敷添番は百俵で持ち高勤めであろう。とても栄転ではないぞ」

柳沢保明が首をかしげた。

御広敷添番は、焼火《たきび》の間お呼び出し、百俵以下ならば加増されるが、それ以上であれば手当さえもらえない。御広敷の警固にあたる御広敷番頭の配下で、目見え以下であった。

対して天守番も百俵高持ち高勤めで、待遇は同じだが、躑躅《つつじ》の間呼び出しで、格上になる。

「どちらかといえば、左遷じゃぞ」

手柄を立てた割りに冷遇されすぎではないかと、柳沢保明が首をかしげた。

「ご疑念かと存じまして、こちらを」

「これはなんだ……工藤家の家譜か。気が利くの」

続けて立岡伊之介が差し出した書付に目を落とした柳沢保明が、その手回しの良さを褒めた。

「かたじけなきお言葉」

誇らしげな顔で、立岡伊之介が一礼した。

「工藤家はもと四百石で書院番まで務めていたのか。なかなかの名門だの」

書院番は小姓番と並んで、両御番といわれ、将軍の近くで警固に当たる旗本の花形であった。

「それが職務上で失態を犯し、家禄を三百石減じ、目見え以下に落とされた。その後、小賢太の父の代のことか。小賢太は小普請から天守番という役目を得て……」

読み進めていた柳沢保明が黙った。

「……御天守番のおりに、ご代参に出たお満流の方さまを守っただと。その褒美はどうなっている……家綱さまご逝去の後、桜田御用屋敷用人になっている。これは三百俵高、役料百俵を与えられる用人格ではないか。御広敷添番からでは大出世ぞ」

「前例のない人事でございました。一応調べましたところ、命を守った工藤を、お満流の方さまがお気に召され、お名指しの起用であったとか」

「お名指しだと……」

柳沢保明が驚いた。御台所、側室などには、身の回りの雑用をする用人が付けられた。大奥から出られない女中たちにはできない買い物や、局《つぼね》の修繕の手配などを担当した。その用人は当然、御台所や側室たちに会うことになるため、御家人ではなく目見えの許される旗本が就いた。

「みょうだの」

小賢太の異動に柳沢保明が疑問を抱いた。

「この工藤という男には、誰がついている。お咎め小普請となった家で、代替わりしたとはいえ、お役に就けるなど、なかなかにあることではない」

「御使番《おつかいばん》菅原越前守《すがわらえちぜんのかみ》の甥だそうでございまする」

「……御使番か。御使番の甥でいどで、桜田御用屋敷用人は難しかろう」

柳沢保明が首をかしげた。

御使番はその名のとおり、将軍家の名代《みょうだい》として、大名家や寺社、朝廷などに出向く役目である。戦国の軍使をその祖にし、命をかけて敵地に出向くことから、胆力に優れた者でなければ務まらないとされていた。しかし、御使番も他の番方同様、泰平の世では出番もなく、諸国巡見使《じゅんけんし》が滅多に出されなくなると、まったくの閑職に落ちていた。

「はい。そこで工藤の異動の書付を見て参りました」

「推薦者の名前は誰だ」

柳沢保明が身を乗り出した。旗本、御家人の異動には、かならず推薦人がいた。誰々の推薦で、何々という役目に移るとの付箋がつけられている。

「大留守居北野薩摩守さまのお名前がございました」

「よし。繋がったわ」

「繋がった……」

聞いた柳沢保明が喜びの声をあげた。

「そなたは知らずともよい」

思わず反応した立岡伊之介に、柳沢保明が冷たく告げた。

「…………」

叱られた立岡伊之介が口を噤《つぐ》んだ。

「今、工藤は何役を務めておる」

書付を返しながら、柳沢保明が尋ねた。

「現在は小普請組でございまする」

「なんだと。なにかしでかしたのか」

小普請の一部は、懲罰によるものといわれている。小賢太の父が書院番から移されたように、咎めを受けた旗本、御家人が入れられる組であった。

「いえ、記録にはございませぬが、円明院さまがお亡くなりになられた後、御用屋敷用人を辞して、そのまま小普請へ移っておりまする。ちなみに用人のおり、長年の精勤を愛《め》でるということで、家格を旧に復し、石高も先祖伝来の四百石に戻されておりまする」

立岡伊之介が語った。

「そうか。ご苦労であった」

柳沢保明が立岡伊之介をねぎらい、下がれと手を振った。

「他にご用は」

「呼ぶまで控えておれ」

食い下がる立岡伊之介に、柳沢保明が眉をひそめた。

「出羽守さま、わたくしの……」

「わかっておる。しっかりと出世させてやるが、今はまだ右筆でおれ」

しばらくは右筆部屋の知識が要ると柳沢保明が言った。

「……はい」

右筆頭に言い切ったのだ。今さら、従順な配下の振りもできない。柳沢保明についていくしかないのだ。立岡伊之介が下がった。

二

将軍綱吉への不満をもっとも持っていたのは、家康の次男秀康《ひでやす》をその祖にする越前松平であった。家康の長男信康《のぶやす》が、武田勝頼《たけだかつより》との内通を疑われ、織田信長の命で自害させられた一件を受けて、徳川の世継ぎになるのは次男秀康のはずであった。

しかし、家康は信康の後、世継ぎを指名せず、長く空席としていた。これは、秀康以下の男子が、まだ一人前の武将というのには幼すぎたのと、信康の死後すぐに跡継ぎを指名しては、家中の動揺をまねきかねなかったからである。

死を命じられたとき、信康は二十一歳、すでに徳川家岡崎《おかざき》衆を率いる旗頭であった。当時の徳川家を支えていたのは、浜松《はままつ》の東三河衆、岡崎の西三河衆であり、信康は西三河衆を手にしていた。

さすがに徳川の兵力の半分とはいかないが、それでも相応の力を信康は手にしていた。その軍団長ともいうべき信康が、徳川と敵対していた武田に通じていた。それがどれほどの大事かは、説明するまでもなかった。

軍団長の信康が、罪人になった。となれば、配下の軍団にも疑いの目は向く。当然、西三河衆も動揺した。

家康だからこそ付き従っていた。そして、家康の息子で優秀な武将でもある信康を長にいただいていたから、軍団はまとまっていた。その根底が崩れたのだ。

西三河衆の動揺を抑え、この隙を狙おうとする武田家の手出しを防ぐ。それには、十分な能力のある者に西三河を任せるしかない。となったとき、家康の子供たちは幼すぎた。

結局、西三河ももう一度家康直轄に戻った。

その後、織田が滅び、豊臣が天下を取るにつれて、徳川家の立場も変わった。かつて織田信長との同盟は、兄弟といった感じではあったが、人質などの交換のない対等なものであった。それが秀吉との間ではなりたたなかった。秀吉と家康は、本来逆の立場であった。信長と同格の同盟者と家臣。上下でいえば、家康が勝つ。しかし、戦国乱世で上下関係など簡単に逆転する。単純に戦力が多い者が上に来る。信長の滅びを上手く利用した秀吉は、あっさりと家康を抜き去った。

とはいえ、人というのは、そうそう逆転を受け入れられるものではない。先日まで、己の前に頭を垂れていた者の前で平伏するなど、納得できなかった。家康は秀吉への臣従を拒否し、戦いになった。

世にいう小牧長久手の合戦である。局所における戦いでは勝った家康だが、状況では敗北した。家康は秀吉の前に屈した。

「誰か預けよ」

小牧長久手の戦いを経て、ようやく折れた家康に、大坂方は人質を求めた。

「行け」

家康は迷わず秀康を差し出した。

「よき顔つきである。余の子になれ。今日より羽柴《はしば》秀康と名乗れ」

秀康を迎えた秀吉は、家康への気遣いから人質ではなく、養子として扱った。これが大きな傷になった。

やがて秀吉が死に、家康にもう一度天下人になるための機会が与えられた。豊臣を滅ぼし、天下を取る。そう決意した家康にとって、豊臣の名を冠した吾子は、邪魔でしかなかった。

こうして秀康は、徳川の総領にもっとも近いところにいながら、傍系へと転落させられた。のち、病を得て秀康は若死にし、その後を忠直《ただなお》が継いだ。忠直は大坂の陣で活躍したが、なぜか十分に報いてもらえず、不満から無軌道なまねをして隠居、豊後《ぶんご》へと配流された。越前福井《ふくい》藩七十五万石と家臣団は忠直の息子光長《みつなが》ではなく、弟の忠昌《ただまさ》に与えられた。

「兄の子があるのに……」

固辞した忠昌だったが、幕府が光長にも元服後ふさわしいだけの領地を授けるということで、越前福井藩を相続した。

約束通り、三代将軍家光は、光長を越後高田藩二十六万石の主にした。

これで、すべては終わったかに見えた。だが、光長には藩主としての気概がなかった。藩の実権を巡って、重臣たちが争い、お家騒動になった。お家騒動は御法度《ごはっと》である。幕府の手が入り、越後高田藩は危うくなった。それを大老酒井雅楽頭が救った。酒井雅楽頭は、なぜか光長に肩入れし、越後高田藩を無傷ですませた。

それを綱吉がひっくり返した。

綱吉は酒井雅楽頭を憎んでいた。いや、恨んでいた。酒井雅楽頭は、家綱の弟で正統な世継ぎたる資格を持つ綱吉ではなく、京から有栖川宮を招いて五代将軍に据えようとした。しかし老中堀田備中守《びっちゅうのかみ》正俊の機転で、家綱の指名を受けることができ、なんとか将軍になれたが、一時はあきらめかけたのだ。

その恨みを綱吉は酒井雅楽頭に返した。大老職から解任し、大手門前の名誉ある屋敷を取りあげたのを手始めに、酒井雅楽頭を隠居に追いこんだ。

「墓を暴《あば》け」

隠居した酒井雅楽頭の急死を、自害ではないかと疑った綱吉は、死体のあらためまで命じた。

主君への抗議から来る自害は、重罪である。いかに大老を出す名門酒井家といえども、取り潰しにできる。

なんとか、酒井家の一族、姻族の抵抗で、それだけは免れたが、それでも綱吉は止まらなかった。

「雅楽頭のしたことはすべて悪である」

そう断じた綱吉は、一度決着が付いたはずの越後高田騒動を再吟味、酒井雅楽頭とはまったく逆の裁決を下した。

酒井雅楽頭が功臣とした家老たちを死罪にし、光長を改易、伊予松山《いよまつやま》藩へとお預けにした。その生活は数年で終わり、江戸へ呼び返されてはいるが、その所領はなく、ただ三万俵という賄い領での飼い殺しであった。

「越前松平の正統を……いや、家康さまのお子すべての長幼の序で第一等たるお方を」

光長改易のとき、越前松平に属するすべての者が憤った。

「二代将軍秀忠公によって、越前家は制外《せいがい》との定めを知らぬのか」

前当主松平越前守綱昌《つなまさ》が激怒した。

制外の家とは、武家諸法度《ぶけしょはっと》の埒《らち》外であるとの意味であった。兄を押しのけて徳川の世継ぎとなり、二代将軍の座を受け継いだ秀忠が、兄秀康を慮《おもんぱか》ったもので、謀反以外の罪は一切問われないという特権であった。

しかし、この特権も効力を失っていた。特権は秀康だけに与えられたものだった。当然である。将軍の政に掣肘《せいちゅう》を加えるようなまねを子々孫々まで受け継がせるはずもない。秀忠は、制外という言葉を使って、兄秀康を宥《なだ》めただけであった。それに越前松平は気づかなかった。秀康の息子忠直も実質は改易でありながら、隠居という体裁をとったため、潰されたとは思っていなかった。そのあと、忠昌が若死にし、跡を継いだ光通《みつみち》が自害というごたごたが続いたが、越前松平が存続したこともよくなかった。

光通の自害は、世継ぎ問題での懊悩《おうのう》によるものだが、藩主が家を譲る前に死んだには違いない。他の大名ならば、まちがいなく改易である。それも藩主の自害という、病とは比べものにならないほどの状況である。

だが、越前松平は潰れなかった。領地も減らされなかった。

光通の後を弟昌親《まさちか》が襲い、二年後長兄の忘れ形見綱昌に代を譲った。この綱昌が問題を起こした。若すぎる藩主に五十万石は重たすぎた。家臣を虐待する、政をないがしろにすると乱脈の限りを尽くした。そしてついに参勤交代まで怠った。

最初は病と称して昌親が代わりに江戸へ出府するなどしてごまかしていたが、いつまでも続くものではない。

貞享三年（一六八六）、幕府はついに越前藩へ改易の命を下した。

「格別の家柄でございますれば……」

昌親必死の嘆願で、家名の存続は許された。だが、綱昌は隠居、越前松平家は一度廃藩とし、あらためて昌親に二十五万石と福井城を与えるという形での決着となった。

「制外の家を」

反抗しようとした綱昌だったが、これ以上は本当に危ない。昌親の手によって綱昌は幽閉された。

その綱昌にも家臣はいた。綱昌のお気に入りだった家臣たちが、十数名そのまま隠居付きとして側にあった。

「傍系というなら、吾もそうであろう」

綱昌は、五代将軍選定のおり、まったく己の名前があがらなかったことに不満を持っていた。

「さようでございまする。ご隠居さまこそ、五代さまの座にふさわしい」

綱昌について、藩で横暴を極めた藩士たちが、同意した。

「越前松平を潰しただけでなく、秀康さまの直系、越後高田松平まで潰すとは、思いあがるにもほどがある」

酒を呷《あお》りながら、綱昌が憤った。

「思い知らせてやらねばなるまい」

「…………」

酔いに任せて言う主君に、家臣たちが沈黙した。

「どうした、なにかよい案はないのか」

黙った家臣たちに、綱昌が問うた。

「どのようになれば、ご隠居さまはご満足なさいますか」

家臣の一人が、どこまでやる気なのか問うた。

「綱吉めを将軍の地位から引きずり下ろす」

「それは……」

「なかなかに」

綱昌の言葉に、家臣たちが顔を見合わせた。

「どうした、できぬと申すか」

すっと綱昌の目が据わった。

「相手は将軍家でございまする」

家臣の一人が思いきって上申した。

「それがどうした。余も同じ神君家康公の血筋じゃ」

綱昌が言い返した。

「将軍に牙剝けば、謀反になりまする。謀反ばかりは、たとえご一門でも」

「制外の家でもだめか」

家臣の諫めに、綱昌が難しい顔をした。

「謀反ばかりは……」

家臣が首を左右に振った。

「このまま泣き寝入りせねばならぬと言うか。隠居を強いられ、家を潰されても、我慢せよと」

綱昌が悔しげに顔をゆがめた。

「……おいたわしい」

「無念でございまする」

家臣たちも顔を伏せた。

「……ご隠居さま」

思いきったように家臣の一人が顔を上げた。

「紀平太《きへいた》、なんじゃ」

綱昌が発言を許した。

「酒井家と組んではいかがでございましょう」

紀平太と呼ばれた家臣が述べた。

「酒井……雅楽頭どのが系統とか」

「はい。酒井さまにも上様への恨みはございましょう」

確かめた主君に、紀平太が告げた。

「あろうな。酒井は、領地こそ減らされなかったとはいえ、綱吉によっていたぶられた」

綱昌が納得した。

「今の酒井の当主左近衛権少将《さこんえのごんのしょうしょう》とは面識もある。余が先代家綱さまにお目通りをいただいたときの殿中儀礼として指導してくれたのが左近衛権少将であった」

顔色を明るくして、綱昌が言った。

権威並ぶ者のなかった大老酒井雅楽頭忠清《ただきよ》の嫡男であった酒井左近衛権少将忠挙《ただたか》は、弱冠十九歳で殿中儀礼という役目を務めていた。

殿中儀礼とはその名のとおり、幕府における儀式全般を司《つかさど》る。鎌倉幕府以来の武家の故事来歴を調べ、それに現在の朝廷での儀式を取り入れて、徳川幕府の独自のものを作りあげていく。当然、そのなかには、将軍への拝謁《はいえつ》も含まれる。譜代大この座敷のどの位置に進み、拝礼のときも額を畳につけるか、わずか等々、山のような決まりがあった。これも何度か経験すれば、自然とともなくなるが、初めてだと戸惑う。

軍への初目見えは緊張する。どれほどの名門、大身であろうとも、将軍りをすませて、初めて跡継ぎとして認められる。ここで失敗したら、将軍の　を損ねたら、跡継ぎになれない。現実はそうではないが、本人と周りは必死になる。

「どこで足を止め、どこで膝をつき、指先は畳のどのあたりにそろえれば……」

本人は緊張の極みにある。

なにせ江戸城へ初めて上がり、周囲から偉い人だと散々聞かされている将軍に会うのだ。それだけではない。老中や目付などの大人たちが、じっとその挙動を見つめている。なにより普段は身の回りの世話をしてくれる家臣たちは、同席していない。子供が不安になるのも無理はなかった。

そんなとき頼りになるのが、殿中儀礼であった。役目柄いくつあるかさえわかっていない殿中の礼儀礼法のすべてに精通しているのだ。殿中儀礼から指導を受ければ、まちがいない。

初目見えを控えた大名や、高禄旗本の嫡男たちは、殿中儀礼を担当する大名のもとへ通い、教えを請う。綱昌も、酒井左近衛権少将のもとへ何度も出向いていた。

「ただちに手配をいたせ。そうよなあ。久闊《きゅうかつ》を詫び、お話をとな」

綱昌が命じた。

三

名ならば、ど
に浮かせるか
覚えて困る
とくに将
への目通り
つ機嫌

井左近衛権少将忠挙《ただたか》は、父雅楽頭忠清の左遷とともに、大手門前から移った小
上屋敷で、綱昌の書状を読んでいた。
を考えておる」
えた酒井左近衛権少将が嘆息した。
りようなお話でございましょう」
江戸家老が問うた。
を預かる家老とはいえ、主君への書状の中身を勝手に見ることはでき
かと言って参られたわ」

「いまさらでございますか」

聞いた江戸家老が驚いた。

「まあ、隠居どのの初お目見え、襲《しゅう》封《ほう》御礼のどちらのときも、余が手順をお教えしたのはたしかである。縁がないとは言えぬ」

小さく酒井左近衛権少将が首を左右に振った。

「でございました」

江戸家老が思い出したように答えた。

「のう、目的はなんだと思う」

「隠居して暇になったゆえ、ということはございますまいな」

「なかろうよ。越前どのが隠居したのは、貞享の半ばだったはず。あれから何年経ったか。それこそ、暇なぞ売るほどあったろう」

酒井左近衛権少将が苦笑した。

「となればわかりませぬ」

江戸家老が首をかしげた。

「不満が溜まったか」

「……不満で、ございますか」

呟くように言った酒井左近衛権少将に、江戸家老が問うた。

「うむ。まだ若いのに隠居を命じられた。たしか二十五歳だったか、二十六歳だったか、三十前であったはずだ」

「ご本人の乱行が原因でございましょうに」

江戸家老があきれた。

「えてして本人にはわからぬものだ。己は悪くない。周りが悪い。もしくは、誰々の陰謀で、家督を奪われた。こう考える連中は多い」

「たしかに……」

江戸家老も納得した。

「越前の隠居には、幕府から合力金が出されていたが、さほどの額ではなかったはずだ」

酒井左近衛権少将が述べた。

幕府から隠居を命じられた綱昌と、ふたたび藩主に返り咲いた昌親の越前福井藩は、まるきりの無縁とされていた。形だけとはいえ、綱昌の越前福井藩は、一度潰れている。つまり、今の越前福井藩は、昌親に新恩《しんおん》として与えられたものである。

それをはっきりさせるためか、今後の面倒を避けるためか、幕府は越前福井藩に綱昌への援助をさせず、直接金を渡していた。

「やりくりに困ったと」

「それもあろうな」

酒井左近衛権少将が認めた。

「だが、よくわからぬ。あの御仁は乱心者として、許された経緯がある」

酒井左近衛権少将が困惑した。

参勤交代を理由なくしなければ、謀反扱いになる。他にも、家臣を手討ちにしたなど、乱脈が激しい。よき家柄でなければ、まず切腹ものである。たとえ名門の家柄でも、隠居ですむものではなかった。よくてお預け、下手をすれば流罪である。それを隠居だけですませたのは、綱昌が乱心したとされたからであった。

「いかがいたしましょう」

「断りたいが……うかつなまねをすれば、どう動くかわからぬのが怖い」

「では、会われますか」

江戸家老が尋ねた。

「今の上様に不満を持つ越前の隠居どのと余が会うのはまずかろう」

「はい」

主君の懸念に、江戸家老も同意した。

「かといって無視すれば、直接やって来かねぬ」

酒井左近衛権少将が悩んだ。

「いかがでございましょう。使いを出し、用件を訊かせるというのは」

「下打ち合わせをするか……ふむ」

一瞬だけ酒井左近衛権少将が思案した。

「越前の隠居への言いわけも立つ。会ってからの面倒と手間を避けるためといえば、理由にはなる。そして、上様からの逃げ道にもなるな」

「さようでございまする。危ないとわかれば、お会いにならず、御上《おかみ》へお届けになれば……」

綱昌を売ると江戸家老が言った。

「よし、心利いた者に行かせよ」

酒井左近衛権少将が決断した。

綱昌は、幕府の指示で江戸鳥越《とりごえ》に幽閉されていた。一応、隠居扱いなので、出かけることはできるが、前もって大目付まで届け出て、その許可が要る。実質屋敷から出られなかった。

「ご隠居さま、酒井家よりの使者がお目通りを願っておりまする」

紀平太が、綱昌に報告した。

「酒井から使者だと。先日の返事じゃな。すぐに通せ」

綱昌が命じた。

「前《さき》の左近衛少将《さこんえのしょうしょう》さまにおかれましてはご機嫌うるわしく」

使者が綱昌の前に手をついた。

「左近衛権少将どのもお変わりないか」

綱昌が礼を返した。

「おかげさまをもちまして、主無事にすごさせていただいておりまする」

使者が、感謝の意を伝えた。

ややこしいことだが、酒井忠挙は左近衛権少将であり、綱昌はかつて左近衛少将と名乗っていた。権とは準ずるとか、格とかの意味で、綱昌のほうが席次は上になった。

「で、今日は先日、余が出した書状への返答か」

綱昌が問うた。

「主より、ご用件を伺って参れと命じられまして」

「用件だと」

喜んでの応諾《おうだく》でなかったことに、綱昌が嫌な顔をした。

「はい。互いに多忙な身でございますれば、あらかじめの用意もしておいたほうがよろしかろうと」

「なるほどの」

使者の言いわけに、綱昌が納得した。

「お聞かせいただけましょうや」

「うむ。余と左近衛権少将どのとの仲である」

綱昌が無警戒に首肯した。

「酒井家も不満があろう」

「…………」

肯定できる話ではなかった。使者は黙って聞いた。

「もちろん、余も我慢ならぬ」

語り始めてすぐに、綱昌が入りこんだ。

「今の将軍は、なれぬ身分の者を、無理矢理堀田備中守がその座につけた。いわば、傀儡《かいらい》である。その傀儡によって、余は藩を奪われ、酒井家は大老の格式を失った」

綱昌が続けた。

「このままでは、余は子に継がすだけのものさえ残せぬ」

隠居した綱昌には、男子と女子がいた。

「神君家康公の血を引き、越前一国の太守《たいしゅ》であった余がこのような扱いをなぜ受けねばならぬ。一門に対し情がないにもほどがある。そうであろう」

「…………」

またも返答できないと使者は黙った。

「酒井家も同じ思いのはずじゃ。その祖を徳川とともにし、三河以来ずっと徳川を支えてきた。その酒井家の功績に報いるならば、百万石でも足らぬ。だが、徳川がくれたのは十五万石。その代わりにと与えられた執政の地位を、綱吉がうばった。左近衛権少将どのにいたっては、殿中儀礼の名誉ある役目を奪われた」

「主はただいま奏者番と寺社奉行をいたしておりまする」

使者が、干されたわけではないと抗弁をした。

「譜代の名門が、執政になったときに与えられる大手門前の屋敷も取りあげられた」

抗弁を無視して、綱昌が続けた。

「このままでよいのか。いいや、よくはない。我らは正当な扱いを受けるべきである。そのために動かねばならぬ」

そこまで言ってから、ようやく綱昌は、使者を見た。

「合力せぬか」

「我が酒井と手を携えて……」

述べた綱昌に最後まで言わず、使者が確認を求めた。

「うむ」

大きく綱昌が首肯した。

「ただちに帰り、主にその旨を伝えまする」

「では、一緒に戦うのだな」

綱昌が喜色を浮かべた。

「主からご返事をさせていただきまする」

「だから、よいのであろう」

使者の返答を綱昌は聞いていなかった。

「では、ごめんを」

逃げ出すように使者が帰った。

戻った使者から内容を聞いた酒井左近衛権少将が絶句した。

「本気か」

「のように拝見つかまつりました」

確認した酒井左近衛権少将に、使者がうなずいた。

「おろかにもほどがある」

酒井左近衛権少将は天を仰いだ。

「上様に不満があるならば、一人でやってくれ。余を巻きこむな」

盛大に酒井左近衛権少将がため息を吐いた。

「いかがなさいますか、殿」

江戸家老の顔色も変わっていた。

「余に不満はない」

最初に、酒井左近衛権少将が宣した。

「たしかに大手門前の名誉ある屋敷を奪われ、殿中儀礼の役目を取りあげられたときは、無念であった。しかし、これも父の無茶が原因である」

「…………」

先代主君のことである。江戸家老が黙った。

「父が宮将軍などと言い出さず、最初から綱吉さまを推していれば、酒井はまだ幕政の中心におられた。現在の余が奏者番と寺社奉行をして在れるのは、上様のご温情である。余は綱吉さまに感謝こそすれ、恨みには思わぬ」

「殿……」

江戸家老が感激した。

綱吉は、暴君であった。三代将軍家光の死後、浪人を糾合《きゅうごう》した由井正雪の乱があった。全国に溢れた浪人たちの不満を体現した謀反は、勃発前に訴人で露見、大きな被害もなく終わったが、その衝撃は幕府を揺るがした。

幕政委任と言われていた三代将軍の弟保科肥後守正之が、末期養子の禁を緩め、できるだけ浪人を生み出さないようにと方針を変えた。

家綱はその通りにした。だが、綱吉は違った。越後高田騒動を見てもわかるように、綱吉は浪人のことなど考えずに、思うがままに振る舞った。

「酒井家が一石も減らされていないことに鑑《かんが》みても、余は上様に逆らわぬ」

父雅楽頭の家督を継いだ酒井左近衛権少将は、弟に二万石を分けて伊勢崎《いせざき》藩を創設させた。これによって厩橋《まやばし》藩酒井家は十五万石から十三万石になったが、これは酒井家の内情であり、幕府の命ではなかった。

「では、お断りをいたすということで」

江戸家老が結論を求めた。

「それも難しかろう」

酒井左近衛権少将が、使者に立った家臣を見た。

「はい。あのごようすでは、とてもご納得されないかと」

使者に立った家臣が、綱昌の状況を語った。

「引きずりこまれても面倒だ」

「はい。もし、綱吉さまのお怒りを買っては、当家も……」

「無事ではすむまいな」

江戸家老が濁した言葉を、酒井左近衛権少将が告げた。

「では、どうすれば」

手の打ちようがないと江戸家老が困惑した。

「あれを持って参れ」

「……あれと仰せられまするとか」

酒井左近衛権少将の指示に、江戸家老が顔色を変えた。

「父の残した文箱《ふばこ》である」

「殿、あれは」

江戸家老が腰を浮かせた。

「わかっておる。あれがどれだけ危ないものかは。だが、あれはもう使い道のないものだ。父が使おうとして失敗したあれは、すでに幕府に知られている」

「しかし、あれのことを知っているのは、かつての大留守居北野薩摩守だけ。上様はご存じではございますまい。もし上様のお耳に、酒井家がなにをしたのかが入れば……」

震える声で江戸家老が止めた。

「上様のお耳には、余が入れる」

「えっ……」

江戸家老が、酒井左近衛権少将の言葉に絶句した。

「上様のお恨みは、父だけに向かっている。ここで、余がすり寄れば、酒井家への悪感情は消える」

酒井左近衛権少将が言った。

「なにより、あんなものを置いていては、いつか子孫の誰かが、父と同じ愚かな野望を抱きかねぬ」

「……ごくっ」

その未来を想像したのか、江戸家老が息を呑んだ。

「負の遺産は、消してしまえばいい」

「それを越前のご隠居さまにお渡しするということは……」

「押しつけるのだ」

苦そうに顔をゆがめながら、酒井左近衛権少将が言った。

「明日でいい。今日一日悩んだという振りをしたほうがよかろう。そなた、悪いがもう一度、越前の隠居のもとへ使者に立て」

「ご口上は」

「これをお任せいたしまするとだけでいい」

どうするとは言うなと酒井左近衛権少将が命じた。

「はっ」

使者の家臣が下がっていった。

「殿、上様には」

「明日、お目通りを願う。これは賭けだが、しのげれば酒井は、ふたたび浮き上がれる」

江戸家老の問いに、酒井左近衛権少将が述べた。

四

江戸城天守台は、本丸よりも大奥に近い。ただ、大奥との間には銅《あかがね》屋根の塀があり、しっかりと隔てられていた。

「天守台に上るなど、考えてもおらなんだわ」

柳沢出羽守が感慨深く言った。

「ここが天守台の最上部でございまする」

案内役として駆り出された天守番が告げた。

「しかし、天守台に側用人さまがなんの御用で……」

天守閣はないのに残された役目の天守番は、閑職の極みである。やることといえば、天守台の周りを決まった刻限に巡回するだけで、手柄の立てようもない。そんなところに、将軍の側近が足を運んできた。天守番が警戒するのも無理はなかった。

「まさか……」

「天守番を廃する予定はない」

不安そうな天守番に、柳沢出羽守が告げた。幕府に金がないことは誰もが知っている。幕府や大名が倹約を言い出せば、最初に首をきられるのが無役であり、その次が有名無実な役目であった。

「さようでございましたか」

天守番が安堵の表情になった。

「……あれはなんだ」

柳沢出羽守が、天守台の中央を指さした。

「なぜあそこだけ、色が違う」

「破損か何かがあり、修繕いたしたのではございませぬか」

柳沢出羽守の指さした箇所を見た天守番が答えた。

「その記録はあるか」

「あいにく、天守番にはなにも残されておりませぬ」

問われた天守番が首を左右に振った。

「記録がないだと……」

「なにぶん、重要なものもございませぬので」

天守番がおずおずと言った。

「では、ここで争いがあったことは存じおるか」

「聞いたことはございますが、そのころ、わたくしは小普請でございましたので」

柳沢出羽守の質問に、天守番が申しわけなさそうに答えた。

「……こんなものか。未来《さき》のない役目とは」

小さく柳沢出羽守が嘆息した。

「まあいい。少しあそこを調べてみよ」

「はっ」

側用人の命に、天守番が急いで天守台に這《は》った。

「……これは。筋がある」

天守番が驚きの声をあげた。

「なんだと。取れるか。小柄《こづか》を出してよい」

天守台は御殿のうちではないが、城中には違いない。白刃を出しては咎めを受けかねない。天守番がためらわないよう、柳沢出羽守が許可を出した。

「……開きましてございまする」

蓋のように外れた石を、天守番が横に置いた。

「なかになにかあるのか」

あわてて柳沢出羽守も近づいた。

「いえ、なにもございませんが、みょうな空洞が」

「のけ」

興奮した柳沢出羽守が、天守番を押しのけた。

「……これは、なにかを入れるためのものだな」

一尺四方ほどの穴を柳沢出羽守が舐《な》めるように見た。

「他にはないか」

「お待ちを……」

天守番が天守台の上を走り回った。

江戸城の天守台は高さ六間（約一〇・九メートル）、東西二十三間（約四一・八メートル）、南北二十五間（約四五・五メートル）ある。かなり広大なそれを天守番は、隅から隅まで調べた。

「他には見つけられませぬ」

柳沢出羽守のもとへ戻ってきた天守番が報告した。

「まちがいないな」

「はい。同様の隙間、変色は見られませぬ」

天守番が答えた。

「ここにこのようなものがあったなど……知らぬな」

なんの記録もないと言ったのだ。柳沢出羽守があきらめた。

「天守番でもっとも古い者を呼べ」

「しばし、お待ちを」

天守番が走った。

「先日右筆の立岡から聞いた天守台付近に出た曲者というのは、これを狙っていたのではないか」

柳沢出羽守が、もう一度穴を覗いた。

「出羽守さま、お呼びだそうで。天守番組頭春日《かすが》半十郎《はんじゅうろう》でございまする」

少しして、老年の旗本が天守台をあがってきた。

「聞いておるな。この穴はなんだ」

後ろに控えている天守番を、柳沢出羽守が目で示した。

「はい。なにも聞いたことはございませぬ」

春日半十郎が知らないと答えた。

「そなた、何年やっておる」

「天守番として十二年、組頭として十年になりまする」

訊かれた春日半十郎が答えた。

「二十二年もここか」

閑職に二十二年、これは春日半十郎が役に立つ人材ではないとの証明であった。

「はい。天守について、わたくし以上に詳しい者はおりませぬ」

春日半十郎が自慢した。

「……そうか。そういえば、そなた天守番だった工藤を存じおるな」

ふと柳沢出羽守が思い出した。

「工藤……小賢太でございますか」

ほんの少し春日半十郎が眉をひそめた。毎日、側用人として気難しい綱吉の顔色を窺っている柳沢出羽守である。春日半十郎のかすかな変化を柳沢出羽守は見逃さなかった。

「右筆部屋の記録を見た。だが、詳細まではわからぬ。そなた、知っておろう。話せ」

強めに柳沢出羽守が命じた。

「はい。あれは先代上様がお亡くなりになる前でございました。延宝七年（一六七九）の冬でございました。天守番になったばかりの工藤と、先達になる磯田《いそだ》の二人で、夜間の見回りをさせておりました。天守台近くに来たとき、工藤が曲者を発見、ただちに争闘となり、工藤が三人を倒しましたが、磯田は死亡、二人に逃げられました」

春日半十郎が語った。

「その曲者の正体はわかったのか」

「いいえ。武家であるのはまちがいなさそうでございましたが、身許をあきらかにするようなものは、何一つ身につけておりませなんだ。ここから先はお目付衆に引き継ぎましたので、なにもわかりませぬ」

春日半十郎が首を左右に振った。

「工藤という者について知るところを申せ」

「すぐに御広敷へ転じましたので、ほとんどなにも」

続けての質問にも、春日半十郎は否定を返した。

「……わかった。ご苦労であった」

小さくため息を吐いた柳沢出羽守が天守台から下りていった。

柳沢出羽守は、綱吉に天守台の報告をしていた。

「天守台か、堀田筑前守から酒井雅楽頭がなにやら動いていたと聞いたような……」

恨み骨髄の酒井雅楽頭を思い出した綱吉が、嫌そうに表情をゆがめた。

「お覚えでございましたか。わたくしも……」

「寺社奉行酒井左近衛権少将がお目通りをと願っておりまする」

そこへ小姓が割りこんだ。

「左近衛権少将が……雅楽頭の息子が何用じゃ」

今名前がでたばかりの酒井雅楽頭、その息子の登場に綱吉が驚いた。

「上様、お平らに。ご度量を見せつける好機かと」

柳沢出羽守が宥めた。

「度量か。会いたくもないが、しかたない。そなたが言うのならばな。通せ」

綱吉が許した。

「ご尊顔を拝したてまつり、左近衛権少将、恐悦至極でございまする」

「うむ。なに用じゃ」

挨拶を受けた綱吉が、用件を急かした。

「できましたら……」

酒井左近衛権少将が、御休息の間にいる小姓や小納戸に目をやった。

「他人払いを求めるか」

「恐れながら……」

「出羽守は同席させるぞ」

「どうぞ」

綱吉の条件を酒井左近衛権少将が呑んだ。

「……これでよいな」

小姓、小納戸を退出させた綱吉が酒井左近衛権少将に確認した。

「畏れ多いことでございまする」

一礼した酒井左近衛権少将が手をついた。

「本日お目通りを願いましたのは、酒井に代々伝わるものを上様にお渡しするためでございまする」

「献上か。ならば、そなた以外の奏者番を通じよ」

奏者番とは、将軍への目通りや献上品を取り扱う。綱吉が怪訝な顔をした。

「いえ、世間に知らせることの許されぬものでございまする。上様、神君家康さまのご嫡男、信康さまについてご存じでしょうや」

「知っておるぞ。織田信長公の娘を正室に迎え、西三河の旗頭でありながら、武田勝頼に通じていたことが露見し、自刃させられた」

綱吉が述べた。

「その通りでございまする。その信康さまと酒井家のかかわりは……」

「知らぬ」

もう一度訊かれた綱吉が否定した。

「じつは酒井家の祖、酒井忠次《ただつぐ》が、信康さまの内通疑惑の弁明をするための使者として、織田信長公のもとへ参ったのでございまする」

「ほう」

綱吉が興味を示した。

「ただし、なんの弁明もしなかった。そうでござったな」

柳沢出羽守が口を挟んだ。

「はい」

酒井左近衛権少将がうなずき、綱吉が首をかしげた。

「なぜじゃ」

「これが、今回上様にお預けするものでございまする」

声を酒井左近衛権少将がより潜めた。

「じつは、武田家へ内通していたのは、信康さまだけでなく、家康さまも、でございました」

「なにっ……」

「むうう」

酒井左近衛権少将の発言に、綱吉と柳沢出羽守が驚愕した。

「家康さまがそのようなことをなさるはずはない」

綱吉が必死に抗弁した。

「乱世は親子、兄弟でさえ争い、裏切りましてございまする。そんななか、家康さまと織田信長公の同盟は、戦国の涼風とまで言われておりました」

「そう聞いている」

綱吉も首肯した。

「しかし、それは違いました。織田が危ないとき、徳川は全軍で助けました。朝倉《あさくら》攻め、姉川《あねがわ》の合戦など、織田のために何千もの三河兵が死にましてございまする。しかし、織田は徳川の危機に冷とうございました。武田信玄公が上洛のために西進、三河の国を侵したとき、織田家は家康さまの救援要望に、わずか三千の兵だけしかくださいませなんだ」

「…………」

「たしかに、あのころ、織田家を囲む情勢はよろしくありませんでした。浅井《あざい》、朝倉、本願寺《ほんがんじ》、毛利《もうり》、根来衆など四面楚歌《しめんそか》。なにより将軍義昭《よしあき》公が、信長公を排そうとされておりました。そんなときだとはいえ、援軍を出したという名目だけのような人数しかよこさない。あのとき、武田信玄公が病に倒れられなかったとしたら……徳川は滅んでいたやもしれませぬ」

「ゆえに、織田を見限ったというか。信康公のことがあったときに、武田信玄公はもう亡かった。戦国最強の将を失った武田家に、徳川の命運を預けるのか。あの家康公であるぞ」

綱吉が疑問を口にした。

「武田信玄公は亡くなっても、武田の武将は健在。そして跡継ぎの勝頼公も名将でございました。武田信玄公がとうとう落とせなかった高天神《たかてんじん》城を攻略、その器量を示しました」

「そのようなことがあったのか」

聞いた綱吉が感心した。

戦国の戦いを古老たちから聞き取る。これも武士の習いであった。とはいえ、戦国は終わり、合戦もなくなって久しい。実際に戦場に出た経験者から話を聞くから、ためになるのである。

「祖父から聞いた話でございますが、戦場では締めているふんどしで討たれた首が包まれる慣例だそうで、それゆえに真新しい晒《さらし》を使わねばならぬとか」

などと己と歳の変わらぬ者に言われても、身に入っては来ない。なにせ、将軍が槍の稽古などしなくなるどころか、怪我をしてはいけませぬと武芸全般から離される傾向にある泰平なのだ。誰も戦場語りなど聞きもしない。

さすがに関ヶ原や大坂の陣など、徳川の勝った話は、教養として学ばされるが、個々の小さな戦場までは、まず話題にはならなかった。

「つまり、信玄を亡くしても、武田の力は衰えていなかったと」

「のように伝わっておりまする」

「ふうむ」

綱吉が腕を組んだ。

「当時の信長公は、まさに四面楚歌。三千以上の兵を割けなかったというのもわかりまする。それこそ、三千出しただけでも立派だという者もおりましょう」

酒井左近衛権少将が続けた。

「ですが、これは徳川が生き残ったゆえに言えること。もし、あのとき三方《みかた》ヶ原《はら》のちも信玄公が生き延びておられたら……」

「……徳川は天下取りに名前をあげる間もなく、滅んだ」

「はい。もしかすると、武田に三河、駿河などを奪われ、織田の一部将として細々と生き延びたかも知れませぬが」

言った綱吉に、酒井左近衛権少将が応じた。

「まさに滅亡の縁に徳川は立たされたのでございまする。生き残ったからよいではないかというのは、他人の論。瀬戸際を歩いた者でなければ、その恐ろしさはわかりませぬ」

「だの」

危うく五代将軍の座を奪われそうになった綱吉に、酒井左近衛権少将の言葉はすんなりと染みこんだ。

「織田家の力は強い。ですが、織田が京を押さえられているのも、東を徳川が命がけで守っているからだ。これもまた確か」

「そうだの。織田は四方の内一方を丸開きにできた」

綱吉も同意した。

「そのおかげで、織田は本国を安全にしたうえで、美濃《みの》、伊勢、近江《おうみ》の半分、伊賀、山城、摂津《せっつ》等々領地を増やしていった。しかしながら、徳川はわずかに遠江《とおとうみ》と駿河の半分を得ただけ」

「まさに、まさに」

説明する酒井左近衛権少将に、綱吉が手を打った。

「神君家康公が、悩まれて当然でございましょう」

「ああ」

強く綱吉が首肯した。

「そこに武田から同盟の話が参りました。武田の強さは、身をもって知っております。家康公が、織田から武田へと乗り換えられたとしても……」

「不思議ではないの」

綱吉が納得した。

「なれど織田は強い。織田は豊か。まともに戦えば、徳川は一蹴《いっしゅう》されましょう。ことは密かに運ばねばなりませぬ。今まで、手を抜いてきた西三河と遠江の防衛を固めなければ、勝負にもなりませぬ」

「わかるぞ」

壮大な密謀に、綱吉が興奮した。

「そこで神君家康公は、西三河を預けている信康さまに対応を任された。家康さまが動いては、目立ちましょう」

「うむ、うむ」

「それがまずかった。まだお若い信康さまの動きは、派手になり、織田に知られてしまったのでございまする」

酒井左近衛権少将が述べた。

「なるほどの。それで家康さまは、信康どのを見捨てた。徳川の家を残すために、嫡男を犠牲にした」

「ご明察でございまする。その片棒を担いだのが……」

「そなたの祖先酒井忠次」

「はい」

酒井左近衛権少将が認めた。

「上様よろしゅうございましょうや」

柳沢出羽守が綱吉の顔を見た。

「思うがままにしてよい」

綱吉がすべてを許可した。

「酒井左近衛権少将どのよ。せっかくのお話だが、真実だという証はどこにござる」

将軍の寵臣とはいえ、酒井家には気を遣わなければならない。柳沢出羽守は丁重な言葉遣いであった。

「神君家康公が武田家に同盟を誓った血判状《けつぱんじよう》がございまする」

「なにっ」

「…………」

酒井左近衛権少将の答えに、綱吉が驚愕の声をあげ、柳沢出羽守は絶句した。

「そのようなものを酒井家は隠し持っていたのか。代々大老職を務めるはずである」

綱吉が小さく首を左右に振った。

「……出せ」

驚きから回復した綱吉が、手を出した。

「わたくしの手元にはございませぬ」

酒井左近衛権少将が否定した。

「きさま、この期《ご》に及んで、歴代酒井の当主と同じく、それを使って、将軍家を脅すつもりか。酒井が大老や老中を輩出してこられたのは、それの力だな」

「とんでもございませぬ」

隠し持っているだろうという綱吉の指摘に、酒井左近衛権少将が必死で首を横に振った。

「では、どこに」

怒っている綱吉の代わりに、柳沢出羽守が問うた。

「わかりませぬ」

「いい加減になされよ。それで先ほどの話を真実だと思えとは、無理でござるぞ」

柳沢出羽守があきれた。

「神君家康公を讒《ざん》した罪は重いぞ。いかに徳川と同祖の酒井家とはいえ、無事ではすまぬ。少なくともそなたの家は潰れるぞ」

綱吉が脅しをかけた。

「お、お待ちを。お考えくださいませ。神君家康公が、徳川の天下を揺るがしかねないものを家臣に預けるとお思いでございますか」

「それはたしかにそうだの」

少しだけ綱吉の圧が弱まった。

「いや、残っているという話が偽りではございませぬか。そのようなもの、破棄するのがなによりでございましょう」

柳沢出羽守がないだろうと言った。

「ございました。それはあの服部半蔵《はっとりはんぞう》が保管しておりました」

「伊賀組頭領の服部か」

「はい。もともと家康さまの血判状は信康さまがお持ちでございました。いかに親の命とはいえ、信長公を裏切るのでございまする。いざというときの保証として誓書を取るのが当然」

「ふうむう」

綱吉が腕を組んだ。

「わかったぞ。信康どのが切腹の前、岡崎城から二俣《ふたまた》城へ移され、家臣であった西三河衆と切り離されたのは、その血判状を使わせぬためだな」

もともと綱吉は学問好きである。学の始めは先祖の系譜を知ることからである。綱吉は信康の最期をよく知っていた。

「おそらくは。そして、血判状が使えないと知った信康さまは、それを介錯《かいしやく》に来た服部半蔵に預けた」

「徳川の嫡男の首を討つ。それを命じられるだけ服部半蔵は家康さまから信頼されておりましたが、同時に服部は外様。譜代のように地縁がありませぬ。いつでも切り捨てられる家臣でもございました。でなくば次の当主の介錯など命じますまい。しかも信康さまには、すでに己の家臣団もございました。その者たちから見れば、半蔵は仇も同然。家康さまが手綱《たづな》を握っておられる間はよいでしょうが……重石《おもし》がなくなれば、服部はどうなるか」

酒井左近衛権少将が告げた。

その出自が示すように服部は伊賀の地侍の出である。伊賀では指折りの名門ながら、国にいては出世の道がないとして半蔵正成《まさなり》の父保長《やすなが》のときに国を離れた。当初足利幕府に仕えた後、家康の祖父清康《きよやす》のもとに身を寄せた。二代目となる服部正成は、三河で生まれ、家康に仕えた。三河の出には違いないが、まだ一代であり、譜代といいがたい。混同されやすいが、服部半蔵正成は忍ではなく、槍働きで出世した武将であった。

「だが、服部家は絶えたぞ。もし、血判状が服部のもとにあるならば、潰されはすまい」

家康に仕え八千石取りと出世した服部家だったが、正成の跡を継いだ息子正就《まさなり》の愚行によって取り潰しの憂き目に遭っていた。

綱吉の疑問は当然のものであった。

「これは亡父より聞いた話でございまする」

最初に酒井左近衛権少将が、真贋《しんがん》は己のせいではないと断りを入れた。

「そのようなものを持っていると知られれば、かならず取り返そうとしてくる。手近に置いていては、かえって危ない。きっと誰にも及びのつかないところにこそ、隠すべきである。なにせたった一度しか使えない脅しでございまする。よほどのことがない限りは、秘すべきだと服部半蔵は考えた」

「服部正成はいつ死んだのだ」

途中で綱吉が口を挟んだ。

「関ヶ原の合戦前だったかと」

酒井左近衛権少将が答えた。

服部半蔵正成は、徳川家で立身、伊賀者頭領となっていた。だが、切れ者といわれた正成は慶長元年（一五九六）、関ヶ原の合戦の四年前に病死していた。

「そうか。では、血判状はどこに」

「配下の伊賀者同心に預け、決して他人が手に入れられないところへと仕舞われました」

酒井左近衛権少将が告げた。

「そのようなところがあるのか」

「まさか……」

綱吉が首をかしげ、柳沢出羽守が目を見張った。

「出羽、思い当たるのか」

寵臣の異常に、綱吉が問うた。

「天守台」

「よくおわかりでございまするな。さすがは筆頭人出羽守どのよ」

柳沢出羽守の口からでた言葉に、酒井左近衛権少将が感嘆した。筆頭人とは、家臣でもっとも主君の信頼厚い者を指した。

「じつは……」

経緯を柳沢出羽守が語った。

「天守台に隠したか。たしかにそこならば他人は手出しせぬな。なにせ上には天守閣が載るのだ。取り出しなどできまい」

綱吉が理解した。

「天下人の城。その象徴たる天守閣が崩れるわけはございませぬ」

酒井左近衛権少将が続けた。

「そして天守閣が崩れ、服部正成の隠したものが表に出るときは、徳川の終焉《しゅうえん》。今さら、家康公のなされたことが白日《はくじつ》の下《もと》に晒されても、意味をなしませぬ」

「これほど安全な場所はないか。さすがは服部半蔵よな」

その深慮遠謀に、綱吉が感心した。

「おそらく信用できる配下の伊賀者に指示をした。なにせ、半蔵正成が死んだ慶長元年には、江戸城に天守はございませなんだ。江戸城で天守閣の建造が始まったのは、関ヶ原の合戦で徳川家が天下をとってからの慶長十一年（一六〇六）でございました」

さすがに天守閣の秘密を持ちこんできただけのことはある。酒井左近衛権少将が天守閣の歴史を話した。

「そのあと、二代秀忠さま、三代家光さま、四代家綱さまと天守閣は破壊され、また建てられて参りました。もっとも家綱さまのときは、天守台だけで終わっておりまするが」

「たしかに天守台に秘密の穴がございました。穴というより、なにかを入れるための箱のようなものが。しかし、中身はございませなんだ」

「天守閣に最初からそのようなものを造ったとは考えられぬな。ということは、正成から預けられた伊賀者は、律儀に命を守り続けてきた。天守閣が壊されるたびに取り出し、天守台が再建されるたびに、隠しなおす。伊賀者とは思いの外忠義に溢れるの」

綱吉が感じ入っていた。

「じゃが、そうなると三代目の服部半蔵が滅んだのはおかしいぞ」

新たな疑問を綱吉が口にした。

「三代目は愚か者でございました」

「愚か者とはどういう意味じゃ」

酒井左近衛権少将が述べた。

「初代は異境に流れて苦労し、二代目はそれを見てきていたのでございますが、三代目は苦労なく名家を継ぐ。生まれながら、己を特別だと思い、配下たちを奴隷《どれい》のように扱う」

「どこにでもある話じゃの」

綱吉が首を縦に振った。

「その度が過ぎたのでございまする。優秀だった父と比べられた不満もあったのでしょうが、家督を継いだ半蔵正就は伊賀者を奉公人として扱い、私用の使いや屋敷の修繕、夜回りなどに使いました。これだけならば、まだ伊賀者も我慢したでしょうが……」

「耐え忍ぶことから忍と呼ばれた伊賀者が、辛抱できないこととはなんだ」

綱吉が興味を見せた。

「妻を奪ったのでございまする」

「なんだと」

「配下の伊賀者の妻で見目《みめ》麗しい女を無理矢理手込めに……」

驚く綱吉に、酒井左近衛権少将が告げた。

「見捨てられて当然だな」

「はい」

綱吉の断罪に、柳沢保明が追随した。

「服部家が絶えた後も伊賀者は、半蔵正成の遺志を守り続けたのか」

「それはわかりませぬ」

訊いた綱吉に、酒井左近衛権少将が答えた。

「出羽守、伊賀者に問え」

「無駄でございまする」

主君の指示に出羽守が首を横に振った。

「すでに現物がなくなっておりまする」

「伊賀者が私《わたくし》していることはないのか」

出羽守の返答に、綱吉が重ねて訊いた。

「伊賀者ていどでは扱いきれますまい。神君さまの密事、使うには少なくとも旗本、大名でなくば格が足りませぬ。伊賀者では軽すぎて、誰も信じませぬ」

「他人を脅すにも、格が要ると」

「はい。朝廷、酒井雅楽頭、老中を出せる譜代、加賀の前田、薩摩の島津、仙台の伊達など外様の大大名でなければ、声高に言い出したところで、影響力はございませぬ」

「ふむ。しかし、放置はできぬな」

「はい。今、現存するかどうかを含め、調べねばなりませぬ」

綱吉の言葉に、柳沢保明が続けた。

「任せる。現物など躬は要らぬ。見たくもない。二度とこのようなものが噂にならぬよう、始末いたせ」

「はっ」

柳沢保明が引き受けた。

「左近衛権少将、そなたは下がってよい」

「では……」

「父のことは忘れてやる」

「ありがたき仰せ」

酒井左近衛権少将が平伏した。

「……あと、越前の隠居は」

おずおずと酒井左近衛権少将が綱吉を窺った。

「躬に不足があるというのであろう」

口の端を綱吉がつりあげた。

「この世は、躬のものだ。それが嫌ならば、世を替えればいい。なにも現世だけではない。あの世もあろう」

「……ひっ」

綱吉の冷酷な言動に、酒井左近衛権少将が小さく悲鳴を上げた。


「小心者が。父の名誉まで売り払っても、己が出世したいか」

退がった酒井左近衛権少将にむかって綱吉が吐き捨てた。

「藩主としてはそうあるべきでございましょう。藩主が冷遇されていては、僻地《へきち》への転封、減封などいつ喰らうかわかりませぬゆえ」

柳沢保明が援護した。

「出羽、そなた先ほど言わなかったことがあるな」

長く手元で使っている寵臣のことを主君はよく見ていた。

「畏れ入りました」

柳沢保明が、主君の慧眼《けいがん》に敬服した。

「先ほどは酒井左近衛権少将がおられましたので控えましたが、天守台にかつての大留守居北野薩摩守と、円明院さま付き用人工藤小賢太がかかわっておりました」

「工藤小賢太、円明院の用人か。それがなぜ天守台に」

綱吉が首をかしげた。

「工藤は、もと天守番でありました。そこで曲者を排除し、北野薩摩守の目に留まり、御広敷添番を経て、円明院さま付き用人となりました」

「ふむ」

「その工藤でございますが、円明院さまと沙代さまのご逝去を受けて小普請へ移っております る」

「それがどうした。役目を失えば、小普請に入るのは当然ではないか」

綱吉が怪訝な顔をした。

「その直後に、工藤は婚姻いたしました」

「さっさと言え」

迂遠な言い方をする柳沢保明を綱吉が急かした。

「右筆に調べさせました。いずれ、その者に褒賞をお願いいたしまする」

「わかった」

綱吉が首肯した。

「工藤には九歳になる娘がおるそうでございまする」

「なんだと。円明院が死んでから婚姻したのならば、勘定が合わぬではないか。いや、その歳、先代の姫と同じ」

柳沢保明の言葉に、綱吉が驚いた。

「出羽、探れ。要りような手はすべて許す。ただし……」

「仰せにならずとも、この出羽重々承知いたしておりまする。すべては上様のお為に」

声音を重くした綱吉に、柳沢保明が応じた。

第五章　遺産争奪

一

柳沢保明は、綱吉の意思をもう一度確認した。

「先代さまの姫君が、万一ご存命であった場合は、いかがいたしましょうや」

「ふん。老中どもは、躬が手を付けるのではないかと勘ぐっておるようだがの、かならず子を産むというならば、大奥へ召しあげてもよいが、そうでなければ面倒を抱えこむだけであろう。死んだはずの先代の血筋など無用じゃ」

「では……」

「そなたの思うようにいたせ。そなたが側女《そばめ》にしたいと申すならば、自儘にしてよいぞ」

綱吉が述べた。

「とんでもございませぬ。そのような思いは一切ございませぬ」

公式には死んだとされているが、前将軍の娘である。それに手出しをして、男子でも生まれた日には騒動のもとになる。

すでに柳沢保明には、兵部《ひょうぶ》という嫡男がいた。まだ正式に江戸城で謁見《えっけん》はしていないが、お成りのときに目通りをすませている。将軍に目通りをした息子が跡を継ぐのは慣例である。まして兵部は、綱吉の気に入りでもあった。

「賢明じゃな」

綱吉が笑った。

「上様、ではなぜ、沙代さまのことを老中方に」

柳沢保明が尋ねた。

「あやつらの動きを見るためじゃ」

「動きをでございますか」

「そうじゃ。あやつらは信じられぬ」

苦い顔で綱吉が述べた。

「堀田筑前守を救えなかった。いや、助けようとしなかった」

「……上様」

いたましい顔を柳沢保明がした。

「筑前守は、躬の父であった。躬を将軍にしてくれた」

綱吉が語った。

酒井雅楽頭による宮将軍擁立を防ぎ、死の床にあった家綱のもとへ綱吉を連れていき、世継ぎに認めさせた。この行為がなければ、綱吉は将軍になれなかった。たとえ宮将軍が不調になったとしても、綱吉に将軍の地位が転がりこむとは限らなかった。なにせ、将軍候補は他にもいた。甥の綱豊を始めとして、御三家、越前家と家康の血を引く者全部に機はあった。

綱吉に将軍の職が転がりこむにしても、すんなりとはいかなかった。

「筑前守が殺された裏に、なにがあったかは知らぬ。知りたくもない。だが、あやつらが適切な対応をしなかったゆえに、筑前守は死んだ。稲葉石見守を討つより、筑前守を救う努力をすべきであった。医者を呼ぶのが遅れなければ、筑前守は死ななかったかも知れぬ。躬はそれが口惜しい」

綱吉が涙を見せた。

「躬は、筑前守に十分報いてやれなかった……」

「…………」

柳沢保明が沈黙した。

「大老と十万石ていどで、躬が……」

力なく綱吉がうなだれた。

「上様のお気持ちだけで、筑前守さまもご満足でございましょう」

柳沢保明の慰めも綱吉には効かなかった。

「ゆえに、躬はあやつらを許さぬ」

綱吉が呪詛《じゅそ》を吐いた。

「…………」

その強さに、柳沢保明は言葉がなかった。

「上様、お願いがございまする」

「……なんだ。そなたがなにかを求めるなど初めてではないか」

不意に平伏した柳沢保明に、綱吉が目を向けた。

「わたくしを執政にお就け下さいませ」

柳沢保明が願った。

「そなた……」

その意味がわからぬほど二人の仲は浅くなかった。

「風当たりは強くなるぞ」

綱吉が念を押した。

「堀田筑前守さまには及びもつきませぬが、わたくしも上様のおためになりたく存じまする。どうぞ、出羽、一生のお願いでございまする」

額を畳に押しつけたまま、柳沢保明が言った。

「わかった。すぐにというわけには参らぬが、かならず、そなたを加判《かはん》の地位に就けてくれる」

加判とは布告に名前と印を入れることから、執政を意味する。綱吉が柳沢保明の求めに応じた。

「天守閣のことはいかがいたしましょう」

「幕府に金がないくらい知っておるが……」

訊いた柳沢保明に、綱吉が微妙な顔をした。

「了解いたしましてございまする」

柳沢保明は、天守閣再建が綱吉の願いであると感じた。

「では、しばし、御前を失礼いたしまする」

柳沢保明が綱吉の前から下がった。

老中を約束された柳沢保明は、綱吉に一層の忠誠を誓った。

「わたくしが執政になる前に、面倒な相手を一気に片づける。老中たちを相手にするには、後顧《こうこ》の憂いを絶っておかねばなるまい」

屋敷に戻った柳沢保明は、用人を呼んだ。

「円明院さまの親、佐伯十左衛門の息子を連れて参れ」

「お待ちを」

用人が出ていった。

寵臣の影響力は大きい。その日のうちに、佐伯十左衛門の息子、円明院の兄が屋敷まで来た。

「御側御用人さまには、初めてお目にかかりまする。佐伯新十郎《しんじゅうろう》と申しまする」

本家から借りてきたのだろうか、身に合っていない紋付き羽織袴を着た武家が柳沢保明の前で手をついた。

「急にすまぬな」

一応、柳沢保明は詫びを口にした。

「いえ。出羽守さまの御用とあれば、すぐに」

佐伯新十郎が謙遜した。

「そうか。その前に一つ確認しておきたいのだが、おぬしは円明院さまの身内じゃな」

「はい。円明院さまは我が妹でございまする」

佐伯新十郎がうなずいた。

「円明院さまはお亡くなりであるな。そなたはご葬儀に参列したであろう」

「いいえ。円明院さまのご葬儀は、ご本人のご希望でおこなわれませんでした」

「なに。では、そなた円明院さまのご遺体を見ておらぬのか」

「はい」

問われた佐伯新十郎がうなずいた。

「……そなた、もし、今円明院さまにお目にかかったならば、わかるか」

柳沢保明が尋ねた。

「わかるとは思いまするが、最後にお目にかかったのは、円明院さまが大奥へあがられたときでございましたので……」

満流が大奥に入ったのは十五歳になったばかりのころである。そのころ、新十郎は十六歳で、満流の顔を覚えてはいるが、女は変わる。二十年近く前のことなので、自信がないと佐伯新十郎が告げた。

「なんとなくでよい。確かめてもらいたい女がおる」

「まさか、御側御用人さま……円明院さまが生きておられると」

妹といえども、先代将軍の側室である。佐伯新十郎は震えた。

「ではないかという女がおってな。違えばそれでいい。そこまで厳密に考えずともよいぞ」

柳沢保明が緊張した佐伯新十郎に声をかけた。

「もちろん、どういう結果であろうとも礼はする」

ただ働きはさせないと柳沢保明が保証した。

「わかりましてございまする」

どちらにせよ、御側御用人の依頼を断れるはずはない。佐伯新十郎が首肯した。

「後藤、佐伯どのを工藤の屋敷近くへ」

「はい。どうぞ」

用人の後藤が、佐伯新十郎を連れて行った。

「次は、越前だな」

柳沢保明が、手紙を一つ認《したた》めた。

「誰か、これを酒井左近衛権少将どののもとへ」

「ただちに」

使者が屋敷から出ていった。

「あとは、佐伯の返答待ちだ」

柳沢保明が手配りを終えた。

二

柳沢家の用人に連れられて工藤小賢太の屋敷へと向かった佐伯新十郎だったが、初日は誰の出入りも確認できず、無駄足であった。

「見るまでお通いいただきまする」

日暮れまで待ち続けた佐伯新十郎に、後藤が冷たく告げた。

「も、もちろんでございまする」

佐伯新十郎は従うしかない。

素人が屋敷を見張る。これに気づかぬようでは、剣術遣いではない。

「みょうな……」

二日目に小賢太は、佐伯新十郎に気づいた。

「……二人か」

屋敷の潜り戸の隙間から、外を窺った小賢太は後藤と佐伯新十郎を確認した。

「旦那さま、咎めて参りましょうか」

代々工藤家に仕えてくれている小者の子平が、勢いこんだ。

「いや、そこまでするわけにもいくまい」

見ているだけで苦情を言い立てるのも難しい。

「気に留めておいてくれ」

「はい。目を離しませぬ」

小賢太の指示を子平がひきうけた。

「満流を狙っているのだろうな」

小賢太はその意図を悟ったが、納得がいかなかった。

「腕が立ちそうでもなく、忍という感じでもない」

相抜けという敵の強さを見抜くことを極意とする無住心剣術の遣い手である小賢太は、だいたい相手がどのていどかを感じ取れる。

小賢太から見て、とても二人は役に立ちそうには見えなかった。

「旦那さま、どうかいたしましたか」

満流がすぐに気づいた。

「屋敷を見張っている者がおる。外に出ないようにな」

小賢太が注意を促した。

「どこでございましょう」

満流が気にした。

「……そなたも見ておくべきだな。知らずして近づかれても大変だ」

妻を連れて、小賢太はもう一度潜り戸に近づいた。

「……どれでございましょう。あの屋敷の角でございますか……ああ。二人立っているので……あっ」

小賢太の指先を追った満流が、小さな声をあげた。

「いかがいたした」

満流の反応に、小賢太が驚いた。

「申しわけございませぬ」

問われた満流が、謝った。

「どういうことだ」

「あの右側の若いほうでございますが……兄でございまするる」

「なにっ」

小賢太が絶句した。

「死んだことにして、そなたを娶《めと》ったゆえ、一族の方と会わぬようにしていたが……義兄《あに》どのか」

難しい顔を小賢太がした。

「隣の身形《みなり》のよい老齢の武家に覚えは」

「ございませぬ」

念のために訊いた小賢太に、満流が首を左右に振った。

「兄がここまで来たということは……」

「…………」

不安そうな満流の肩を無言で小賢太が掴んだ。

「旦那さま」

「決して家から出るな」

「ご迷惑をおかけいたしまする」

満流が頭を下げた。

「迷惑をかけられようが、家族だ。気にいたすな」

見上げる妻に小賢太が首肯した。

「ふむ」

怯える満流に、小賢太は肚《はら》を決めた。

小賢太は潜り戸から外へ出て、二人のほうへ歩いていった。

「むっ」

後藤が気づいた。

「佐伯どの、工藤が参りますぞ」

「あれが工藤どのか。どうすればよろしいか」

言われた佐伯新十郎が困惑した。

「逃げ出すのはよろしくございませぬ。相手はわたくしがいたしまする」

世慣れた後藤が、佐伯新十郎を抑えた。

「率爾《そつじ》ながら、我が屋敷になにかご用でござるかの」

近づいた小賢太が、佐伯新十郎に話しかけた。

「……………」

佐伯新十郎が、無言で下がった。

「失礼ながら、どなたさまかの。我らは、ここで立ち話をしておるだけでござる」

代わって後藤が前へ出た。

「それは珍しい。日をまたいでの立ち話でござるか。いや、さぞかし足がお疲れでござろうな」

「……なんのことでございましょう」

後藤の顔色が変わった。

「やはり今日だけではなかったか」

「あっ」

小賢太のかまかけに後藤が引っかかった。

「言いわけがあれば、伺うが」

冷たい声で、小賢太が言った。

「失礼しよう」

後藤が踵《きびす》を返した。

「…………」

言われたとおり無言のまま、佐伯新十郎も離れていった。

「ふっ」

鼻先で笑った小賢太は、少しの間を空けて二人の後をつけた。

「……失礼だが」

一町（約一一〇メートル）ほど行ったところで、後藤が足を止めた。

「拙者かの」

小賢太がとぼけた。

「後をつけてこられては迷惑なのだが」

「なにを言われるか。偶然同じ方向へ向かっているだけでござる」

いけしゃあしゃあと小賢太が答えた。

「不自然でございましょう。先ほど我らに声をかけてから、ずっとついて回るなど」

「二日にわたって、我が屋敷を見ながらの立ち話よりましでござろう」

反論する後藤に、小賢太が言い返した。

「……急ぎますぞ」

後藤が佐伯新十郎を促して、早足になった。

「さて」

小賢太はわざと遅れて歩き出した。

「後藤どの。まだついてきておりますぞ」

しばらくして我慢できなくなったのか、佐伯新十郎が振り向いた。

「足を止められるな」

後藤が制した。

「しかし、このまま戻ってよろしいのか」

柳沢の屋敷へ連れ帰っていいのかと、佐伯新十郎が懸念した。

「黙って、ついて参られよ」

怯える佐伯新十郎に、後藤が苛立った。

「……申しわけない」

旗本三男の子供とはいえ、幕臣の血筋である。いかに側用人の用人とはいえ、陪臣に過ぎない後藤よりも格は上になる。だが、その現実の力は、後藤がはるかに優る。言われた佐伯新十郎が小さくなった。

「いたしかたない。あそこに入りましょう」

いつまでも付いてくる小賢太に業を煮やした後藤が、通りにあった蕎麦屋へと入った。

「蕎麦屋でござるか、拙者、持ち合わせが」

続こうとして、佐伯新十郎がためらった。

蕎麦屋は寛永年間に前橋《まえばし》で生まれ、元禄になって江戸にもできだした。そば粉をお湯で練った蕎麦切りと酒を出した。まだまだ蕎麦屋も蕎麦切りも珍しいため、かなり高価なものであった。

「費用は拙者がお持ちしますゆえ」

後藤が佐伯新十郎の手を引いた。

「無念」

小賢太は残念がった。四百石の当主である。蕎麦屋くらい入るだけの余裕は持っている。が、それはあらかじめ行くとわかっていての話であった。武士はよほどの高禄旗本でも、財布のなかには、さほどの金は入っていない。武士は直接の買い物をしないのが当たり前であり、財布は持たないか、持っていてもほとんど金は入っていない。

「まあいい。これで顔を知られたのだ。あきらめるだろう。なにより、満流たちから長く離れるのはよろしくない」

そこで小賢太は、屋敷へと戻った。

蕎麦屋の二階から外を見ていた後藤が、去っていく小賢太の背中をじっと見送った。

「ようやくあきらめたか」

「いなくなりました……」

呟いた後藤に、佐伯新十郎がほっとした。

「まったく要らぬ散財をさせおって」

なまじ柳沢保明の家中であることが、邪魔をした。小賢太の姿が消えるなり、金を払わず店をでるというわけにはいかなかった。もし、柳沢家の者だと知られれば、主君の名前に傷が付く。

「さっさと召しあがられよ」

出てきた蕎麦切りに醬油を付けながら、後藤が嘆息した。

「馳走《ちそう》になり申す」

貧乏旗本の部屋住の長男で、継ぐだけの禄もない佐伯新十郎にとって、外食など初めての経験である。小賢太のことなど忘れ果てたように、佐伯新十郎が喜んで箸をつけた。

「……うむ。珍味だな」

蕎麦切りを口にした佐伯新十郎が感想を漏らした。

「お気楽な……」

後藤があきれた。

「まあいい。これで工藤の家に隠さねばならぬことがあるとわかった」

ただの小普請旗本ならば、屋敷を見つめられても気にしない。また、わざわざ後をつけてもこない。

「後日、こちらからご連絡を申しあげますゆえ、それまでは大人しく自邸でお待ちを。決して、当方までお見えになりませんように」

蕎麦屋を出たところで、後藤が佐伯新十郎に別れを告げた。

「これだけで……」

なんの恩賞もなしかと佐伯新十郎が情けなさそうな顔をした。

「いずれ殿よりお話がございましょう。それまでお待ちを。では」

なにかしらの言質《げんち》を欲しがる佐伯新十郎を残して、後藤は主のもとへと帰った。

「円明院さまの兄か。ただの役立たずではなかったな。蕎麦切りの代金くらいにはなった」

報告を聞いた柳沢保明が小さく笑った。

「あとは酒井左近衛権少将に動いてもらうだけよ。それと、後藤。家中から練達《れんたつ》の者を数名選び出し、明日より工藤の家を見張らせよ」

「円明院さまをお見かけしたら、当家へお招きいたしますか」

言葉はていねいだが、後藤は拉致《らち》するかどうかと訊いた。

「いいや。円明院さまと姫さまはこのまま巷《ちまた》に埋もれていただく。とくに円明院さまは、工藤との間に子を二人ももうけられた。円明院さまでも姫さまでもお迎えするとなれば、工藤はともかく、円明院さまの血を引く二人のお子がたも相応に遇さねばなるまい。それはお二人のことを公にすることでもある。先代さまのお血筋が新たに出るだけでもややこしいのに、これ以上の面倒はごめんだ」

柳沢保明が、満流と沙代を切り捨てると言った。

「では、思いきって……」

後藤が後くされのないようにすべきと提案した。

「それもまずい。もし、円明院さまと沙代さまのお命を頂戴したとして、隠し通せなかったときが、大事じゃ。先代さまのお血筋に余が手を出す。これは綱吉さまの命と取られよう。上様に将軍の子殺しという悪名をおつけするわけにはいかぬ。それにな……」

柳沢保明が声をひそめた。

「大留守居まで務めた北野薩摩守がまだおるのだぞ。あやつがそのときのためになんの手も打っておらぬはずはない。大留守居は、役人を何十年も務めた上がり役じゃぞ」

「たしかに……」

「天守台の秘事、すでに破棄されているというが、その写しを北野薩摩守が手にしているとしたら……」

「…………」

後藤が黙った。

「家臣どもには、工藤の家を襲った者を捕らえよと命じておけ。決して戦いには加わるな。結果がどうであれ、戻ろうとする者を捕まえて、屋敷まで運べとな」

「当家の屋敷にでございますか」

「そうだ。これが越前に止《とど》めを刺す手札になる。殺すなと念を押しておけ」

柳沢保明が厳命した。

三

酒井左近衛権少将は、柳沢保明の手紙を見て、その指示通りに動いた。

「越前の隠居どのと増上寺で会う。準備をせよ。目立たぬよう、紋の入っていない駕籠を用意いたせ。日時は、あらためて柳沢どのより通知が来るはずだ」

増上寺は将軍家の菩提寺である。二代将軍秀忠公が眠っている。将軍家による法要も毎月命日におこなわれており、幕府の機嫌を取りたい諸大名の参拝も多い。大名のお忍び行列が一つ加わったところで誰も気にはしない。

「…………」

三日後、柳沢保明からの手紙を受け取った酒井左近衛権少将が、苦い顔をした。

「明後日の四つ（午前十時ごろ）、増上寺の本堂にてお待ちしているとな」

酒井家の使者が、鳥越屋敷に隠居している松平綱昌のもとへと走った。

「ようやく来たか」

待ちかねたと松平綱昌が歓呼した。

「これで、余はこの境遇から抜け出せる」

「おめでとうございまする」

綱昌の側近、紀平太も同調した。

「出かける用意をいたせ」

「本藩へ、お報せをいたしますか」

隠居とはいえ、罪を得てのものである。綱昌は勝手に出歩くことができなかった。

「なるほどの」

綱昌が感心した。

「それで増上寺としたのか。さすがは酒井左近衛権少将どのだ。増上寺の秀忠公墓所へ参拝するとあれば、越前家でも止められぬ」

幕府に対する崇敬である。止めた方が不敬になる。一度潰されている越前松平としては、幕府の機嫌を損ねたくない。綱昌が増上寺へ行きたいというのを止めるはずはなかった。

「お早くお戻りを。あと家臣を二人供に付けまする」

越前松平家からの許可は簡単におりた。ただし、条件として二人の家臣が目付として付けられた。

増上寺の山門をこえたところで、綱昌は供に待機を命じた。

「しかし……」

本藩から付けられた目付が渋った。

「そなたごとき軽き身分の者を連れて、秀忠公の墓前に参れるか」

「うっ……」

綱昌に言われた目付役の藩士が詰まった。

「余は隠居したとはいえ、秀忠公の兄の直系じゃ。その余と共に、参拝できるほど、そなたはえらいのか」

「……やむを得ませぬ」

目付役が折れた。

「待っておれ」

綱昌が本堂へと向かった。

増上寺の本堂は天下の将軍菩提寺にふさわしく広大である。中央に阿弥陀如来を本尊として祀り、荘厳な飾り付けがなされていた。

「お待たせをいたしましてござる」

綱昌が、本尊から離れた隅に坐る酒井左近衛権少将のもとへと急いだ。

「いや、こちらも今きたところでござる」

酒井左近衛権少将が気にしないでいいと応じた。

「今日はお呼び立ていたして申しわけない」

「いや。それよりも酒井家が持っている秘事とはなんでござろう」

若い綱昌が待ちきれないと問うた。

「……声が大きい」

酒井左近衛権少将が諫めた。

「これは、思わず興奮してしまいました」

綱昌が詫びた。

「お若いから無理もございますまいが、己を抑えることを学ばねば、天下は治められませぬぞ」

「天下……」

聞いた綱昌が息を呑んだ。

「さようでござる。これをなすことができれば、綱昌どのは天下を手に入れられる」

「余が将軍になれると……」

綱昌が驚いた。

「いいえ。綱昌どのは将軍になられませぬ。隠居なさったお方が、将軍には就けませぬ」

「では、どうして天下を」

酒井左近衛権少将の言葉に、綱昌が首をかしげた。

「お子を六代将軍にし、父として後見なさればいい」

「子はおらぬ」

「作られよ。それまでは雌伏《しふく》されれば」

「側室を孕《はら》ませるか」

「それでは足りませぬ。罪を得て隠居させられたのでござるぞ」

側室のもとへ通うと言った綱昌に酒井左近衛権少将が首を左右に振った。

「では、どうしろと」

我慢できない綱昌が、苛立った。

「とある女を孕ませられよ」

「……とある女……誰を」

綱昌が戸惑った。

「酒井家の秘事とは、この女のことでござる」

「女の正体は」

「先代将軍家綱さまの遺された姫君でござる」

「そのような姫が……」

綱昌が驚いた。

「さよう、吾が父雅楽頭が、家綱さまの命でひそかに匿っておりました。もし、先代さまの血を引く姫がいることを上様が知られたら、どうなりましょう」

「邪魔者として……」

「はい。姫さまのお命にかかわりましょう。父は姫さまを死んだことにし、とあるところに預けました。しかし、それが上様に知られてしまったようなのでござる」

「むうう」

綱昌がうなった。

「姫が殺される」

「いいえ、姫は殺されませぬ。上様は、姫さまを大奥へ入れようとなさっておられるのでござる」

「なんだと」

何度目になるかわからない驚愕の声を綱昌があげた。

「家綱さまの血を引く姫に子を産ませれば、それは誰からも後ろ指をさされぬ将軍世継ぎ」

「なんという妄執《もうしゅう》」

綱昌が息を呑んだ。

「それを防ぐには、綱昌どののお力が要りまする。制外の家という特権を持つ貴殿だけが、将軍の手から姫を守れる。そして、貴殿との間に子をなせば……徳川家長幼の序の頂点たる秀康公の正統、将軍家直系の姫。その二人の間に生まれた子供は、まさに徳川の本筋。傍系から入った将軍よりもはるかに上」

「上様より……」

煽る酒井左近衛権少将に、綱昌が取りこまれていった。

「これが徳川を揺るがす秘事でござる」

「まさに、まさに」

語った酒井左近衛権少将に、綱昌が何度も首を縦に振った。

「父雅楽頭が、宮将軍と考えた理由もおわかりでございましょう。父は家綱さまの遺された姫と宮家を婚姻させ、その間に生まれた和子さまを次の将軍にする。まさに朝幕一致、公武合体《こうぶがったい》でございましょう。こうして、朝廷と幕府は血で一つになり、天下の安寧《あんねい》は永遠のものになるはずでござった。これを浅はかな堀田が潰した。結果、五代将軍に分家の綱吉さまが入り、酒井家は冷遇されてござる」

酒井左近衛権少将が語った。

「わかってござる。お任せあれ。余が姫を保護しよう。そして、夫婦となり、子をなそうではないか。もちろん、酒井家には十分報いよう。余が将軍の父となったとき、酒井家を大老にしよう。いや、大政委任をしようではないか」

綱昌が述べた。

「かたじけのうございまする」

酒井左近衛権少将が一礼した。

「姫は今、四百石小普請の工藤小賢太の屋敷におりまする。沙代姫さまと申しあげ、御歳九つになられまする」

「九つ。余といささか離れておるが、問題ないな」

寛文元年（一六六一）生まれの綱昌は、今年で二十八歳になる。沙代とは十九歳の差があるが、側室ならば三十歳下、四十歳下も珍しくなかった。

「では、わたくしはこれで。酒井家は未だ上様より警戒されておりまする。今後はことがなるまでおつきあいは遠慮させていただきまする」

「うむ。そのほうがよいな」

もう将軍の父になったつもりなのか、綱昌が尊大にうなずいた。

「では、お先にお引き取りを」

「ご苦労であった」

綱昌が出ていった。

「若いな」

一人になった酒井左近衛権少将が口の端を吊り上げた。

「吾が父が宮将軍を言い出したとき、まだ満流さまが和子さまをお産みになるかどうかはわかっていなかったのだぞ。それさえ知らずに上を望むか」

酒井左近衛権少将が嘲笑した。

「これで余の仕事は終わった。まったく、父の尻ぬぐいは面倒だったわ」

疲れ果てた顔で酒井左近衛権少将が本尊へ手を合わせた。

四

さっさと屋敷へ戻った綱昌は、寵臣紀平太だけを残して、他人払いをした。

「なんでございましょう」

紀平太が訊いた。

「そなたは余に命を預けてくれるな」

「今さらなにを仰せになられまするか。わたくしの忠誠は三世をこえて殿のもとに」

確認された紀平太が、強く主張した。

「うむ。疑ってすまなかった。では、一つ頼みがある」

「頼みなどではなく、お命じくださいませ」

紀平太が綱昌を見上げた。

「よくぞ言ってくれた。そなたは娘一人を連れてこい」

「娘でございますか。どこの」

「工藤小賢太という……」

綱昌が述べた。

「その娘を殿のもとへお連れすれば」

「そうだ。ただし、娘には一切傷をつけてはならぬぞ」

綱昌が条件を付けた。

「他の者は。とくに邪魔しようとする者などは」

「遠慮は要らぬ。吾が覇道を遮ろうとする者は排除せよ」

問うた寵臣に、綱昌が告げた。

「人手と金は、思うままにせよ」

綱昌が、手文庫から切り餅を取り出した。

「お預かりいたしまする」

紀平太が受け取った。

「……紀平太、ここだけの話だ。そなたにだけ明かしておこう」

綱昌が声をひそめた。

「なんでございましょう」

紀平太が身を乗り出した。

「言わずともわかっておろうが、他言無用である」

「どのような責め苦に遭おうとも、決して漏らしませぬ」

念を押した主君に、強く紀平太が誓った。

「信じておるぞ。……じつはの、その姫は先代上様のお血筋である。ゆえあって今は身を潜められているが、余のもとにお出でいただいた後、あらためて天下にお披

「露目をする」

「先代上様の姫……」

紀平太が目を剝いた。

「そして、その姫を余が娶る。男女の閨ごとをかわせば、子ができよう。生まれた子供が男子であったならば……六代将軍となる」

「と、殿」

話を聞いている紀平太が、興奮し始めた。

「その子の傅育《ふいく》をそなたに任せる。それが褒美じゃ」

「傅育役を……次の上様になられるお方の」

紀平太が音を立てて唾を呑んだ。

大名の世継ぎの傅育でも、将来の出世は約束される。家老までは無理でも、組頭、中老《ちゅうろう》、用人まではまちがいない。それが将軍世子となると、陪臣から旗本への移籍は当然、うまくいけば、大名に列することも夢ではなくなる。

「吾が命にかえまして」

「急げ。姫に危機が迫っておる」

勢いこんだ寵臣の姿勢に、哀れな姫を救うのだと浮かれた綱昌が、命を下した。

小賢太は満流の兄が、翌日から姿を見せなくなったことで緊張を高めていた。

「下調べはすんだというわけか。しくじったな」

佐伯新十郎と後藤の二人を追いつめたのが悪手だったと、小賢太は悟っていた。

「来るな」

小賢太は襲撃に備えた。

「多人数で来られたら、庭まで手が回らぬ」

敵の攻め口が多いと、小賢太一人では守りきれない。

「釘を打ってくれ」

小賢太は子平に命じて、庭に面した雨戸と勝手口を封じた。

「火をかけられてはたまらぬ」

続けて小賢太は、屋根の上に大桶を置き、水で満たした。

「襲撃があれば、屋根の上を頼む」

小賢太は子平に火矢の対応を任せた。

「へい」

子平がうなずいた。すでに老境にある子平だが、まだ足腰も衰えていない。さすがに刀を振るっての剣戟《けんげき》は無理だが、火矢に水をかけるくらいならばできる。

「そなたたちは、台所奥の物置へ籠もってくれ」

小賢太が満流に指示した。

「はい」

己が足手まといだと満流は知っている。すなおに首肯した。

「わたくしは戦えまする」

沙代が抗《あらが》った。

「狙いはそなたぞ。それが敵の前に姿を出してどうする」

「ですが……」

「そなたには、大役がある。そなたはここで母と弟、妹を守れ。戦う術があるというならば、抗えぬ者を助けるのが役目じゃ」

反論しようとした沙代を、小賢太は諭した。

「……はい」

不承不承ながら、沙代が従った。

「満流と沙代を奪われなければ、こちらの勝ち」

小賢太は、家族から離れて屋敷の周囲を見て回った。

「薩摩守さまに頼るわけにもいかぬ」

すでに隠居しているのだ。巻きこむわけにはいかないし、手助けしてもらおうにも、戦う刀を持たない。

「一人では守りきれぬな」

大門に戻ったところで、小賢太は嘆息した。

四百石は旗本として、中堅というにはやや劣る。とはいえ、天下の将軍家直臣《じきしん》である。屋敷の敷地は五百坪を誇り、建てられている屋敷も平屋ながら建坪二百をこえた。部屋数も十ではきかないのだ。これだけの建物を、一人で警固するなど無理であった。

大門を破るようなまねはしてこないはずである。旗本屋敷の大門は城の大手門と同じ扱いを受ける。ここが閉ざされている限り、なかでなにがあろうとも周囲は手出しができない決まりであった。たとえ、屋敷が燃えていても大門が開かないかぎり、水一杯かけてはならなかった。

逆に、大門が開けば、誰が入ってきても文句は言えなかった。

「大門を破れば、変事に気づいた近隣が様子を見に来る」

これも慣例であった。旗本は有事に備えるためにある。その旗本が隣家の異変に気づかなかった、あるいは知っていたが無視していたとなれば、目付から厳しい咎めを受けた。

「梯子《はしご》などなくとも、塀はこえられる」

旗本屋敷の塀は、瓦まで足して一間（約一・八メートル）ほどしかない。少し足腰を鍛えた者ならば、簡単に乗りこえられた。

「二カ所から入られれば、防げぬ」

小賢太は難しい顔をした。

「子平も、もう歳だ」

小者ながら、子平の忠誠は厚い。命をかけて戦ってはくれるだろうが、いかんせん老齢である。そう長くは保《も》たない。

「玄関で戦うしかないか」

小賢太は場所を決めた。

四百石では、駕籠に乗ることが許されていない。玄関とはいえ、工藤家に式台《しきだい》はない。半間（約九〇センチメートル）幅、奥行き一尺（約三〇センチメートル）ほどの踏み石があるだけで、足場はなかった。玄関の幅も一間半（約二・七メートル）に足らず、片側を戸で封じれば、まず小賢太一人で守れる。

「庭の雨戸や勝手口を破られれば、それまでだな」

小賢太の悩みは一周した。

「旗本の屋敷を襲うのだ。さすがに徒党を組んで押し寄せるわけにはいくまい」

それが将軍の密命によるとしても、表沙汰にできないのだ。将軍のお膝元で旗本屋敷が襲われる。これほど将軍の権威を傷つける行為はなかった。

「襲撃は夜。辻番の目をごまかさねばならぬ」

日中堂々と来ることはない。夜だと他人目につく恐れも少なくなる。とはいえ、夜になれば、防犯のために町を照らす辻灯籠に灯が入る。その灯を管理する辻番も出た。

「さすがに十人をこえまい」

小賢太は類推した。

「厳しいな」

剣術は一対一の戦いを基本とする。もちろん、多人数を相手にするときの技もある。人はすべてにおいて違う。腕の長さ、力の強さ、技の修練度など、長く修行を共にした同門といえども、埋めきれない差があった。

わずかな差でも、それは切っ先の遅速になって表れた。その遅速をしっかりと見て取れば、速い者から順番に対処していけばすむ。一対一に持ちこめた。

しかし、これはできるというだけで、現実には困難を極めた。前後に挟まれただけで、後ろの敵の攻撃は見えなくなる。見えなければ、遅速を厳密に見きわめることはできなかった。

「もう一人、背中を任せられる味方がいてくれれば……」

小賢太は天を仰いだ。

「孤軍奮闘とは、滅びを遅らせるだけでしかないのか」

小さく小賢太は、あきらめの言葉を吐いた。

五

紀平太は受け取った金を手に、鳥越の屋敷を出た。

「四百石の旗本か。家臣と小者で五人はおると考えねばならぬな」

慶安《けいあん》に定められた軍役によると、四百石の旗本は士分二人に、槍持ち、鎧櫃《よろいびつ》持ち、草履取り、挟箱《はさみばこ》持ちを一人ずつ、他に小荷駄小者《こにだこもの》などを三人以上抱えなければならないと定められている。

だが、これを守っている家はどこにもなかった。

侍はなにも生み出さない。百姓のように田を耕し稔りをなさず、職人のように技を振るってものを作らず、商人のように汗水垂らして利を稼がない。戦場で戦うしか能のない侍は、泰平では無用の長物であった。

言うまでもないことだが、いつなにがあるかわからないのだ。武力をすべて失ってしまえば、いざというときに困る。そのための訓練は重ねなければならない。道具の整備もきっちりしておかねばならない。無為の武家とはいえ、なにもしないですごしているわけではないが、その結果は目に見えにくい。

家臣と一緒に戦場を駆け巡った当主ならば、無為の日々にも意味があることを理解できる。戦いだとなってから、人手を集めても、そんな稀薄なつきあいの家臣に背中を任せることなどできないとわかっている。

なれど、泰平の間に代替わりしてしまえば、そんな思いなど消え去ってしまう。そこに泰平に伴う贅沢の流行、連れてあがる物価にさらされてしまえば、毎日、なにもせず禄だけを持っていく家臣など役立たずにしか思えなくなる。

己の禄が増えず、物価だけがあがっていく。苦しい生活に陥ったとき、主君はのうのうと禄を食《は》んでいる家臣たちを邪魔者だと思うようになる。

最後の戦いとされる大坂の陣から、まだ七十年ほどしか経っていないにもかかわらず、旗本から常在戦場の気概は消え、伴って家臣も減っていた。

「五人を相手にするなら、少なくとも六人は欲しい。できれば倍の十人」

紀平太が思案した。

「殿が返り咲かれたとしたら、相応の家臣が要る。旧臣どもに声をかけるか」

越前松平家は綱昌の乱行を原因として、一度取り潰されている。なんとか叔父の昌親を新規召し出しという形で名門をつないだとはいえ、石高は五十万石から二十五万石へと半減させられた。

越前松平の付け家老とも言うべき越前府中本多《ふちゅうほんだ》四万石も二万石に半知させられた。他の家臣がどうなったかなど言うまでもない。禄を減らされても藩に残れた者は良いが、相当な数の者が放逐となっていた。

どうやって家臣を減らそうかと考えている元禄の世である。名門松平家の家臣とはいえ、まず再仕官の口はない。ほとんどが、浪々の身となり、諸方へ散っていった。

「何人かは国元で帰農したが、ほとんどは江戸で再仕官の口を探しているはずだ。たしか、口坂《くちさか》もそうだったはず。あやつの腕は、藩でも指折りであった」

紀平太が一人のもと同僚を思い出した。

「あやつならば、一刀流の田岡《たおか》道場にいけば、消息は知れよう」

決断した紀平太が、八丁堀《はっちょうぼり》へと向かった。

八丁堀は町方の与力、同心の組屋敷の町として知られているが、他にも武家屋敷や町屋があった。また、禄の割りに広大な敷地を支給された、町方与力や同心たちは、その敷地を商人や町医者に貸すことで、余得を手にしていた。

「ごめん」

そのなかに一刀流の田岡道場もあった。田岡道場は町方与力の組屋敷に間借りする形で、庭の一角を占めている。当然ながら、出入り用の門も別口で持っていた。

「どうれ。御入門のお方かの」

すぐに弟子らしい男が出てきた。

「口坂氏にお目にかかりたい。拙者、武藤《むとう》紀平太と申す者」

「……武藤だと」

田岡道場は間借りであり、それほど大きくはない。玄関での遣り取りは稽古場に筒抜けであった。

「あいかわらず、壮健《そうけん》じゃの。口坂」

顔を出した口坂に、紀平太が手を上げた。

「今ごろどうした。おぬしは殿の御側であろう」

口坂が怪訝な顔をした。

「少し出られるか」

「ああ」

紀平太の誘いに、口坂が同意した。

「どうだ、最近は」

道場から出て、八丁堀近くを流れる楓川《もみじがわ》のほとりへと向かいながら紀平太が問うた。

「なんとかな。道場に住みこみで師範代と雑用をしておる。飯と寝るところはあるが、給金は出ぬ」

口坂がぼやいた。

「しかし、拙者などましなほうだ。藩でも屈指の遣い手であった須田《すだ》を覚えているか」

「新陰流の免許だった須田か」

すぐに紀平太は思い当たった。

「なまじ名門道場だっただけに、免許などいくらでもおってな。道場で師範代というわけにはいかず、かといって家中随一の腕という矜持《きようじ》もあってか、拙者のように場末の道場で居候《いそうろう》することもできず、身の回りのものを売り払って生活していたが、とうとうなにもなくなってな。ついに妻を吉原《よしわら》へ……」

「越前小町と言われたお内儀を」

聞いた紀平太も苦い顔をした。

「かなりの大金が手に入ったと聞いたが、それでもな。妻を苦界《くがい》に沈めての金だ。噂では、酒に溺れて、あっという間にそれもな」

「今はどうしているのだ」

「長屋で残った金が尽きるのを待っているらしい。金がなくなったときに腹を切るとか言っておるわ」

苦い顔で口坂が告げた。

「他の連中も似たり寄ったりだな。うまく世渡りできた者もいないではないが、まあ、十人に一人というところよ」

口坂が述べた。

「なにやら申しわけないの」

紀平太が頭を垂れた。

「なにを言うか。おぬしが悪いわけではない。殿がいささか常軌を逸せられただけだ」

「殿に恨みは……」

「ないとは言わぬが、恨んだところでどうにもなるまい。恨んでも腹は膨れぬ」

淡々と口坂が述べた。

「のう、今の境遇から抜け出られるとしたら、どうする」

楓川のほとりで紀平太が足を止めた。

「どうするだと。そんなもの決まっている。なんでもやるさ」

口坂が答えた。

「多少危ないことでもか」

「やはりおぬしにはわからぬようだな」

「なにがだ」

ため息を吐いた口坂に、紀平太が首をかしげた。

「針の筵《むしろ》の御側役だろうが、浪人していないゆえに、辛さがわからぬ。明日どうなるかわからないのだぞ、浪人は。病にかかっても医者を呼べぬ。米櫃《こめびつ》の底が見えても、買い足せぬ。拙者もいつ、出ていけと言われるかわからぬのだ。少しでも田岡先生の機嫌を損じたら、いきなり食と住を失うのだ。そして、次はない」

感情のこもらない声で言う口坂だけに、よりいっそうの真実味があった。

「悪かった」

もう一度紀平太が詫びた。

「うまくいけば、もう一度仕官できるだけの仕事がある。何人集められる。ただし、剣が遣えるという条件が付く」

「剣が遣えるか。そこそこならば五十人でも集められるが、かなりできるとなれば九人、いや、八人だな」

確かめるため口坂が指を折った。

「一人減ったのは」

「須田だ。今の須田は使いものにならぬ。剣は錆《さ》びついていないだろうが、心が折れてしまった」

「だめか」

「やめておいたほうが良い。肝心なところで腰が退《ひ》けては、戦力にならないどころか、邪魔でしかないぞ」

口坂が首を左右に振った。

「わかった。何日で集められる」

「二日、明後日にはどこにでも行けるようにしよう」

口坂が宣言した。

「けっこうだ。では、これを。おぬしだけに渡す支度金だ。後日全員そろったところで、もう一度報奨金を渡す。もちろん、これは仮の褒美だ。本物は、ことがなってからになるが、旧禄以上は保証する」

紀平太が首を縦に振った。

「なにがあるのだ」

「詳細は訊くな。ただ、仕官に繋がるということだけで理解してくれ。表沙汰にはできぬことだが、これで咎めを受けはせぬ」

「……………」

口坂が、窺うような目で紀平太を見た。

「信用しろ。親の代からのつきあいではないか」

「わかった。どちらにしろ失うものはもうないのだからな」

紀平太の言葉に、口坂がうなずいた。

「頼むぞ。おぬしには一手を率いてもらう。その代わり、仕官のときは千石を約束しよう」

「千石か。夢に見る価値はある」

口坂が口の端《は》をゆがめた。

二日間、無事に過ごした小賢太だったが、ずっと気を張っていたことで疲弊《ひへい》していた。

「旦那さま。あなたさまが倒れられては、なにもなりませぬ」

満流が厳しい声を出した。

「昼間はさすがに愚かなまねをいたしますまい。どうぞ、お休みを」

「……わかった」

普段おとなしい女ほど、怒れば怖い。また、満流の言うことも正しい。小賢太はすなおに従った。

「おとなしくしていなさい。お父さまが、お休みですから」

三人の子供たちを宥めて、満流が子平のいる門番小屋へ行った。

「奥さま、このようなところまで」

子平が恐縮した。

「子平、頼みがあります」

背筋を伸ばし、姿勢を正した満流に、将軍家側室の威厳が蘇《よみがえ》った。

「へ、へへっ」

子平が土間に額を押しつけた。

「真里谷円四郎さまのもとへ行き、事情をお話しして、助力を請うてきて下さい」

小賢太と夫婦《めおと》になった満流も、真里谷円四郎と面識があった。

「それは……」

子平が戸惑った。この期に及んでも、小賢太が真里谷円四郎の助けを求めないのは、巻きこみたくはないからだとわかっていたからである。

「構いませぬ。お叱りはすべて、わたくしが受けまする」

凛《りん》として満流が宣した。

「あなたも旦那さまを死なせたくはないでしょう」

「それはもう。承知致しました。子平、この工藤家にお仕えして五十年になりますが、初めて殿さまの意に逆らいましょう。ええ、喜んで逆らいますとも」

子平が首肯した。

「ありがとうございました」

「礼を言うのは、わたくしですよ」

先に口にされた満流が戸惑った。

「殿さまのご意志に逆らうだけの勇気がなかったわたくしめの背中を押して下さいました。奥さまが殿さまのもとへお出で下さって、本当によかった」

子平が感激していた。

「わたくしが来なければ、こんなことにはなりませんでしたよ」

満流が首を左右に振った。

「そんなもの、奥さまのお考えではございますまい。他人の思惑で踊らされるのは、人の常。天皇さまでさえ、幕府の都合で動かされる時代でございまする。奥さまのせいではございませせぬ」

「子平……」

きっぱりと言った子平に、満流が涙を浮かべた。

「では、行って参りまする」

涙に気が付かなかった風を装って、子平が出ていった。

六

その夜、指定された廃寺に、ぞろぞろと浪人が集まってきた。

「ご苦労でござる」

崩れかけた本堂の階段に立って、紀平太が声を上げた。

「ご一同おそろいだな。では、本日の役目についてご説明しよう」

「その前に、武藤どのよ」

紀平太を遮って、大柄な浪人が手を上げた。

「貴殿は……佐野《さの》氏か」

「ああ。まあ、名前なんぞどうでもいい。浪人してみれば、ただ他人と区別するためにある符丁《ふちょう》だからな」

偽悪めいた口調で佐野が言った。

「確認したい。褒美は再仕官にまちがいないな」

「再仕官……いいや違う」

否定した紀平太に、一同がざわついた。

「越前松平への復帰ではない。拙者を含めて、このたびの策に加わった御仁は、皆、旗本になる」

「旗本だと……」

「まことか」

紀平太の話に、一同が驚愕した。

「嘘ではない。おぬしたちは六代将軍さまの旗本になる。わかったならば、聞け」

一同を制して、紀平太が手はずを述べた。

「五人ずつに分かれる。一組は玄関脇の塀をこえていく。これは拙者が率いる。残りは口坂どのの指揮で、裏側から侵入してくれ。出てきた者は、ためらいなく討ってくれ。ただし、九歳の娘御だけは、決して傷を付けてはならぬ。これは厳命である。怪我を負わせた者には、一切の褒賞が出ないと思ってくれ」

「そこまでする娘とは……」

佐野が気にした。

「いずれわかる。今は報せられぬ。では、行くぞ。この働きで、ご貴殿たちの、いや子々孫々の繁栄が決まるのだ。心してかかられよ」

「おう」

「わかっておる」

「腕が鳴るぞ」

示しあわせていた口坂が気合いを発し、それに一同がつられた。

「出発」

紀平太が先頭に立った。


日中二刻半（約五時間）休めたおかげで、小賢太の身体から疲労は一掃されていた。

「……なにもないか。今日も無事ですんでくれれば」

固く閉ざされた潜り戸の上に設けられた覗き窓から、小賢太はあたりを窺っていた。

覗き窓の大きさは幅三寸（約九センチメートル）、高さ一寸五分（約四・五センチメートル）ほどのもので、それほど広い範囲を視認はできないが、戸を開けて顔を出すより、よほど安全であった。

「そろそろ子《ね》の刻（午前零時ごろ）だ」

遠くで鳴る鐘に小賢太は息を吐いた。

「……来たか」

小賢太の目が、まだ遠い一団を視認した。

「おい、子平」

門番小屋の壁を小賢太は叩いた。

「へい」

寝ていなかったのだろう、すぐに子平が出てきた。

「今夜のようだ。火の始末を頼む」

「承知いたしました」

すばやく子平が、母屋の屋根へ立てかけておいた梯子を使って登っていった。

「…………」

見送った小賢太が、戦いを前に無言で気合いを入れた。


「あれだ」

月明かりに照らされた工藤の屋敷を、紀平太が指さした。

「狙いは娘ただ一人。無事に手にしたならば、ただちに撤退する。待ち合わせは先ほどの廃寺で。万一町方と遭遇したときは、娘を連れて、逃げろ。追いつかれたときは、排除していい」

最後の念押しを紀平太がした。

「承知した」

「わかっておる」

一同がうなずいた。

「では、口坂氏、頼んだぞ。見つけたときは、渡してある呼子で合図を」

「任されよ」

一人褒賞の多い口坂が、胸を叩いた。

「では、参る」

紀平太が先頭を切った。

「遅れるな」

「手柄は渡さぬ」

慌てて一同が追従した。

「……ちっ」

じっと動静を見守っていた小賢太は、敵が二手に分かれたのを確認した。

「二兎《にと》を追う者は一兎をも得ず。さっさとこちらを撃退し、裏へ回るしかない」

中途半端ほど悪いものはない。心を一つに留めず、どこにでも向けられるようにする。無住心剣術の教えを小賢太は守ろうとした。

「台になってくれ」

「おうよ」

正面から撃ちこむ五人の一人が、塀際で手をついた。

「すまぬ」

身軽な一人がその上に乗り、塀を乗りこえた。

「そこか」

小賢太は走った。

「ちっ」

降りたばかりで体勢の整っていなかった浪人が慌てて抜き合わそうとしたが、遅かった。

小賢太の太刀に首の血脈《けつみやく》を刎《は》ねられ、即死した。

「だめだ。下で待ち伏せている」

続こうとした一人が、塀ごしにその様子を見ていた。

「敵は何人だ」

「見たかぎりでは一人」

登っている一人が答えた。

「ならば、こちらでも」

紀平太が門を挟んだ反対側に回った。

「拙者が台になる」

すばやく紀平太が膝を折った。

「おう」

残った浪人が、塀の上に顔を出した。

「こちらは大丈夫だ」

塀の上に顔を出した浪人が告げた。

「むっ」

小賢太は一瞬ためらった。向こうに走れば、こちらが留守になる。

「ほい」

軽い声を出して、右側の浪人が降りた。

「仕方ない」

左側に正対していた小賢太は、右側への対処に切り替えた。

「よしっ」

見ていた左側の浪人も降りた。

「来いっ」

右側の浪人が、太刀を抜いて小賢太を待った。

「やあぁ」

走り寄りながら、小賢太は袈裟掛《けさが》けに斬りつけた。

「なんの」

右の浪人は、あっさりとこれを弾いた。

「おっ……意外に重い」

小賢太は手に響いた衝撃に驚いた。夜中に他人の屋敷に襲撃をかけるところまで堕《お》ちた者にしては、力のこもった反撃であった。

「もらったあ」

弾かれた体勢の乱れを、左から入りこんだ浪人が襲った。

「甘いわ」

小賢太はすでに背後の足音を感じていた。太刀を持っている上半身は、重心を狂わせていたが、鍛え続けた下半身は揺らぎもしていない。

武術は剣であろうが、槍であろうが、柔術であろうが、基本は足腰である。足腰の不安定な状態での一撃は軽く、必殺にはならない。逆に、足腰さえ決まっていれば、多少の刃筋狂いなど関係なくなる。

「…………」

背中からの一撃を、小賢太は足送りでかわした。

「おうわあ」

全身の力をこめた一撃が空を切った。左の浪人がつんのめった。

「ふん」

左へと身体を移しながら、小賢太は流れた太刀を寄せるように引いた。

「ぎゃあ」

切っ先に背中を横に割られた左の浪人が絶叫した。

人の身体で背中は致命傷にはなりにくい。これは重要な血管が少ないからである。しかし、背中の筋は人体の動きに重要であり、これをやられると、ものを持ちあげることができなくなる。いや、立つことさえも難しい。

「あうっ、あう」

転がった浪人が、呻《うめ》いた。

「水川《みずかわ》……」

右から入った浪人が仲間の名前を呼んだ。

「きさまあ」

右の浪人が怒りにまかせて太刀を振り回した。

表で戦いが始まったことを裏口に回った連中も気づいた。

「こちらも後れを取るな」

口坂が言った。

「任せろ」

「行くともよ」

皆が首肯した。

「蹴破るか」

佐野が足をあげた。

「壊されては困るのですよ」

不意に後ろから声がした。

「誰だ」

「なにやつ」

すばやく五人が声のしたほうに身体ごと向き直った。

「ほう、夜盗にしては少しましな動きをしますね」

路地の奥から真里谷円四郎が姿を見せた。

「何者だ、きさま」

口坂が太刀を抜きながら、誰何した。

「夜盗に不審者扱いされるとは、貴重な経験だ」

真里谷円四郎が笑った。

「こやつ、ふざけたことを……」

浪人の一人が太刀を向けた。

「待て……」

口坂が止めた。

「気を付けろ。かなり遣うぞ」

一同へ、口坂が警告を発した。

五人を前に怯えもせず、太刀の柄に手もかけず、それでいて平然としている。それだけでも十分に警戒しなければならない。剣術道場で師範代をしていた口坂が気づいた。

「おもしろいですね。これだけの手練《てだ》れと真剣で戦える。これは、工藤さまの奥方に感謝しなければなりません」

真里谷円四郎が、喜んだ。

「なんだ」

嬉々として真剣勝負に挑もうとしている真里谷円四郎に、佐野が怪訝な顔をした。

「そろそろ始めませぬか。このまま夜明けを待つなどもったいない」

真里谷円四郎が、太刀に手をかけた。

「囲め。かならず三人でかかれ」

口坂が指示した。

「おう」

「やあぁ」

「死ね」

口坂と佐野を除く三人が、太刀を振りかぶって、斬りこんできた。

「……ふん」

真里谷円四郎が鼻先で笑った。

「なにがおかしい」

佐野が訊いた。

「上野《うえの》……」

口坂が気づいた。

三人の中央にいた浪人が、ゆっくりと崩れた。

「えっ」

「なんだ」

残り二人が混乱した。

「なにも見えなかったぞ」

佐野も絶句していた。

「さて、あらためて名乗ろうか。無住心剣術真里谷円四郎、兄弟子工藤小賢太さまに義をもって助太刀いたす」

「……ま、真里谷」

「げっっ」

口坂と佐野が、驚愕した。江戸で剣術を学ぶ者ならば、真里谷円四郎の強さを誰もが知っている。

「口坂、聞いていないぞ」

佐野が責めた。

「拙者も知らぬわ」

口坂が言い返した。

「仲間割れしている暇はないと思うぞ」

穏やかな声で真里谷円四郎が二人に近づいた。

「どうした」

「げええ」

慌てて対応した二人が、真里谷円四郎を牽制しているはずの仲間が、いつの間にか物言わぬ死体となっているのに気づいた。

「馬鹿な……岩生《いわお》も田付《たつけ》も免許だったのだぞ」

腕の立つ者に声をかけたのだ。口坂が蒼白になった。

「人を斬ったことがないからだろう。道場であれば、もう少しはもっただろう」

淡々と真里谷円四郎が告げた。

「もう少しだと」

佐野が怒った。

「二十年の修行をもう少しなどと言われてたまるか」

太刀を振りかぶった佐野が、真里谷円四郎に向けて斬りかかった。

「二十年が三十年でも、才能がなければ無意味である」

冷たく真里谷円四郎が言い、佐野の太刀と撃ちあうことなく、首を刎ねた。

「ああああああ」

首の血脈から血を噴き出させて佐野が崩れた。

「わあ、わああ」

四人が一撃も入れられずに敗北した。口坂が恐慌《きょうこう》をきたした。口坂は真里谷円四郎にかかるのではなく、後ろにあった勝手口に体当たりをして、なかへと逃げこんだ。

「面倒な……」

真里谷円四郎が顔をしかめた。

「何やつ」

若い娘特有の甲高い声が真里谷円四郎の耳に届いた。

「まずい。工藤さまに叱られる」

あわてて真里谷円四郎が、追った。

どれほど道場で修練を重ねても、初めての真剣勝負は別物であった。小賢太めがけて無法に太刀を振るった浪人も、かなりの腕ではあったが、目の前で人が斬られるのを見て、頭に血が上ってしまった。

「死ねええ」

法もなく振り回される太刀など、脅威にさえならない。もう、数え切れないほどの戦いを経験してきた小賢太にとって、すでに浪人は敵ではなくなっていた。

「刃を向けた以上、許しはせぬ」

冷たく宣して、小賢太は浪人の胸に太刀を突き刺した。

「ひくっ」

心の臓を貫かれて浪人が絶息した。

「やるなあ」

その小賢太に声がかかった。

「おぬしもか」

振り向いた小賢太が四人目の浪人を見た。

「そうなるな。なにせ、このご時世に仕官の口をちらつかせられたのだ。命をかけても当然だろう」

最後の浪人が答えた。

「おぬし家族は」

「いたがな、もうばらばらだ。母は実家に引き取られ、姉は商人の妾になった。父は既に亡く、今は天涯孤独の身よ」

浪人が述べた。

「天涯孤独ではなかろう。母と姉がおるではないか。おぬしが非道なまねをしたと知ったならば悲しもう」

小賢太が帰れと言った。

「どちらも縁を切られておる。二度ほど金をせびりにいったのでな」

浪人が苦笑した。

「生きていれば、また縁は紡《つむ》げる」

「そうもいかぬのよ。金がなければ今の世は生きていけぬからの。のたれ死ぬよりは、一縷《いちる》の望みにかけてもよかろう」

「ならばいたしかたないな」

小賢太も説得をあきらめた。

「参る」

浪人の手にはすでに白刃が握られていた。白刃を前に垂らしたままで、浪人が間合いを詰めてきた。

「できる」

揺らぎのない腰の重さに、小賢太は呟いた。

「…………」

小賢太も下段に構えた。

無住心剣術の極意相抜けは、相手の技量を的確に見抜き、戦う前に勝負を決めるものである。小賢太は、近づいてくる浪人の技量を、二枚下と読んだ。

一枚下はもちろん、二枚下でも油断は禁物である。真剣勝負はなにがあってもおかしくない。技量にまさる者が、負けることなど日常茶飯事であった。

「しゃっ」

だらりと垂れていた太刀が、間合いに入るなり撥《は》ねた。

「ぬうん」

小賢太は下段の太刀で、これを打ち返した。

「これでどうだ」

弾かれた勢いを回転に変えて、浪人が太刀を翻《ひるがえ》した。

「なんの」

小賢太はこれも受けた。

「ちっ」

浪人が舌打ちをした。

「ここまでできる奴がいるとは。引き受けるんじゃなかったな」

「今からでもよいぞ」

「そうはいかぬよ。金をもらってしまったからな。返せばよいというものでもなかろう」

「律儀な」

小賢太が感心した。

「約束を守らぬと、次の仕事がない。それが浪人というものでな」

浪人が頬をゆがめた。

「実際浪人するまでは、拙者ほどの腕があればどのようにでも生きていける。いや、仕官の話がいくつも来るだろうと思っていた。事実、道場でつきあいのあった大名家のなかには、貴殿ほどの腕があれば、当家では師範役まちがいなしじゃと言ってくれていた人もいた。だが、実際に浪人してみると、誰も相手にしてくれなかった。構ってくれたのは日当稼ぎを商売にする連中だけ。そいつらも一度約束を破れば、二度とつきあってくれなかった。律儀でなければ喰えぬのだよ、浪人は。覚えておくがいい、いつかおぬしの役に立つ」

「ご忠告感謝しよう。では、律儀には律儀で応えよう。無住心剣術工藤小賢太、参る」

語った浪人に謝意を示して、小賢太は太刀を青眼に据えた。わずかに切っ先は低い。一気に出ながら、切っ先を小さく撥ね、落とす。動きを小さくして疾《はや》さに重きをおいた形であった。

「おう。名乗れない事情を勘案してくれ」

言いながら浪人が合わせた。

「えいっ」

小賢太がたわめていた膝を解放した。

「来るか」

浪人が緊張した。

「きええい」

鋭い気合いを小賢太は発しながら、太刀を遣った。

「なんの……がはっ」

受けようとした浪人の太刀を滑るようにして、小賢太の切っ先が喉を貫いた。

「お見事でござった」

太刀を戻して、小賢太は浪人に一礼した。

「そんな……」

腕に自信のない紀平太は、塀の上から一部始終を見て震えた。

「四人が……。そうだ、裏口が」

急いで紀平太が路地へと入った。

「……ここも」

勝手口の前に転がっている浪人たちに、紀平太が竦《すく》んだ。

「おい」

「えっ」

呆然としていた紀平太の両手が押さえられた。

「共に来てもらおうか」

「誰だ。拙者を前の越前太守……」

「知っている。黙れ」

身分を口に出して逃れようとした紀平太を柳沢家の家臣が当て落とした。


「裏だ」

小賢太は裏口へ駆けた。

「なにが……」

屋敷の勝手についた小賢太は、目に飛びこんできた情景に絶句した。曲者が一人、地に伏し、その前に沙代が薙刀を残心の形にしていた。

「工藤さま」

固まった小賢太に真里谷円四郎が話しかけた。

「ご覧ください。峰打ちでござるぞ。屋敷のなかを血で汚すわけにはいかぬと。というより、無意識に人を斬ることを避けられたのだと思いますが」

真里谷円四郎が告げた。

「それはわかったが、なぜ円四郎どのが、ここに」

報されていない小賢太は驚いていた。

「偶然通りかかった。そうしておいてください」

「ふざけないでいただきたいな」

真里谷円四郎の返答に、小賢太は怒った。

「それよりお嬢さまの才、類稀《たぐいまれ》なると見ました。わたくしにお預けくださいませぬか」

小賢太の憤りを無視して、真里谷円四郎が述べた。

「まちがいなく、工藤さまをこえましょう」

「…………」

興奮している真里谷円四郎に小賢太はあきれた。

「……警告を下さった薩摩守さまにだけお報せしておくか」

小賢太は真里谷円四郎を放置した。

終章

柳沢保明は、一夜の報告を綱吉におこない、その対応を問うた。

「愚かだとは思っていたが、ここまでとはの」

越前藩隠居付きの家臣が指揮しており、その配下だった浪人はすべてもと越前福井藩士だったと聞かされた綱吉はあきれかえった。

「まったく、馬鹿が野望を持つとろくなことはないな」

「はい」

嘆息する綱吉に、柳沢保明が同意した。

「いかがいたしましょう」

「隠居を命じた者に、躬が口出しするのはよろしくない」

元服前、隠居後は一人前扱いされない。また、将軍の直臣ではなくなる。その行動に直接将軍が咎めを下すのは、細かいとして悪口の原因になりかねなかった。

「では、越前にさせてよろしゅうございますか」

柳沢保明が、綱昌の処分を越前松平家にあずけることへの許可を求めた。

「よろしかろう。ただ、二度目であることをしっかりと言い聞かせよ」

綱吉が条件を付けた。

二度目とは、綱昌の行状のことだ。一度目は藩主のときにしていた乱行であり、それによって隠居、藩は改易となった。それを踏まえたうえで、次はないと綱吉が念を押したのだ。越前藩の対応は一つだけになった。

「重々承知いたしております」

柳沢保明が首肯した。

「つぎに円明院さまと沙代姫さまのことでございまするが……」

「実際に生きていたのだな」

「わたくし自身が確かめたわけではございませんが、まずまちがいないと」

確認した綱吉に、柳沢保明が答えた。

「どうすればよいと思う」

綱吉が困惑した。

「ひそかに……」

最後まで柳沢保明は言わなかったが、その意味はしっかり伝わった。

「……できるのか」

「できましょう。越前隠居の襲撃を防いだとはいえ、一夜のこと。伊賀者あたりに何日も掛けさせれば、かならずや」

訊いた綱吉に柳沢保明が告げた。

「できるのか。ならば……」

「ですが、良策とは思えませぬ」

命じようとした綱吉を柳沢保明が遮った。寵臣として綱吉の意に諾々として従ってきた柳沢保明にしては異例のことであった。

「なぜじゃ。後顧の憂いは絶っておくべきである」

「上様にお世継ぎさまがおられたならば、この出羽守がお話をすることなく、させていただいておりまする」

言った綱吉へ柳沢保明が首を左右に振った。

「躬に跡継ぎがないこととどうかかわってくるのだ」

「上様が将軍の地位を失いたくないがために、女子供を害したという噂が生まれかねませぬ」

「むう」

「上様は、今、先代家綱さまと同じ境遇になっておられまする」

「躬が兄と同じ」

「はい。お世継ぎさまがおられませぬ」

「それは確かだが、躬はまだ死なぬぞ」

綱吉が不吉なことを言うなと嫌な顔をした。

「ゆえによりまずいのでございまする」

はっきりと柳沢保明が断言した。

「なにがまずい」

「先代さまは、お世継ぎさまがなくとも、上様や他のお世継ぎさま候補方になにもなさいませんでした」

「たしかに、躬は一度も命の危険を感じたことはない」

綱吉が首肯した。

「つまり先代さまは、世継ぎが誰であろうとも認められるおつもりであった。お血筋にこだわられなかった」

「むっ」

一層綱吉が頬をゆがめた。

「もし、先代さまが円明院さまのお腹に息づいていたお子さまにこだわられていたら……」

「躬と甲府宰相綱豊は、殺されていた」

「…………」

無言で柳沢保明が肯定した。

「それをなさらず、先代さまは上様を世継ぎとなされた。まさに死期が近かったとはいえ、人の寿命などわからぬもの。ひょっとすれば、円明院さまのご出産まで生き延びられたかも知れないというのにでございまする」

「たしかにの」

綱吉が首を縦に振った。

「これは将軍の地位は徳川の名を継ぐ者すべてに資格があり、すべからくそのなかからふさわしい者を選ぶべしという神君家康さまのお考えに添うもの」

徳川幕府にとって家康の言葉は、金科玉条《きんかぎょくじょう》である。当代の将軍とはいえ、これを破ることは許されなかった。

「もし上様が姫さまを狙ったと世間に知られれば、狭量との誹《そし》りならまだしも、神君の教えに逆らう者となりまする。それこそ、御三家や甲府家からの糾弾が始まりましょう」

「糾弾など。躬は将軍である。いかに騒ごうと気にせずともすむ」

綱吉が強がった。

「いいえ。上様といえども絶対ではございませぬ」

はっきりと柳沢保明が否定した。

「なぜじゃ。ことと次第によっては、そなたでも許さぬぞ」

「徳川幕府には大御所の前例がございまする」

大御所とは将軍であった者が存命中に職を退いたときに与えられる称号である。

初代徳川家康、二代徳川秀忠がともに将軍位を子に譲ったあと大御所となっていた。

「そして大御所は、朝廷から下されるもの」

「朝廷が躬に隠居せいと」

「女子供を恐れ、殺させるような者は、武の統領にふさわしくない。こう言われては反論できませぬ。もちろん、京《きょう》都《と》所《しょ》司《し》代《だい》や禁《きん》裏《り》付《づき》を通じて圧もかけましょう、金も撒《ま》きましょう。それでも絶対とは言えませぬ。また、外様どもも上様を侮りましょう。そこに御三家や甲府家が旗を振ったら……」

「謀反が起こると申すか。余は将軍ぞ。徳川の当主だ。謀反など旗本どもに……まさか」

言い返している途中で、綱吉が気づいた。

「はい。真っ先に旗本が上様から離れましょう。先代さままでは直系でございました。その直系の姫を害したとなれば……」

「傍系のひがみと取るか」

苦い顔で綱吉が言った。

「では、逆に大奥で庇護《ひご》するか。下手な連中に手出しされては面倒だ」

「それはできませぬ。公に円明院さまも姫さまも亡くなられておられまする。それを生き返らせることはできませぬ」

「今の身分のままでもよかろう。旗本の妻や娘が大奥へあがることは珍しくはない」

大奥は基本将軍の閨であり、子供の傅育をおこなう場所である。安全の意味からも、そこに勤める女中たちは、旗本の子女から選ばれた。

「御台所さまに知れたらどうなりましょう」

「……あやつか」

綱吉が苦々しい顔を深めた。

御台所信子《のぶこ》は、京の五摂家鷹司教平《たかつかさのりひら》の娘である。綱吉がまだ館林藩主だったときに輿入れしてきた。しかし、京風を強く押しつけてくる信子に綱吉は合わず、夫婦仲は冷え切っていた。

「鷹司卿のご生母は後陽成《ごようぜい》天皇の皇女。そして酒井雅楽頭が画策した宮将軍の候補が有栖川宮幸仁《ゆきひと》親王。有栖川宮は、後陽成天皇の孫、後西《ごさい》天皇のお子」

「鷹司と有栖川は近いか」

「はい。もし、御台所さまから京に先代さまの姫のお話が伝われば……」

「有栖川宮は、まだ婚姻をなしていないのか」

「正式な届けはなく、公家の娘を何人か側室としているようではございますが」

「もし、有栖川宮に先代の姫が嫁ぎ、和子を産めば……」

「朝廷に大きな札を奪われることになりましょう。血筋を操ることにかけて、公家ほど恐ろしいものはおりませぬ。今代では無理でも、次代を根気よく狙って参りまする。その気の長さと血を利用して、公家は戦乱を生き延びたのでございますれば」

「将来に禍根《かこん》は残せぬ。では、どうすればいい」

「無視なさればよろしいのでございまする」

「なんだと……」

あまりに簡単な答えに、綱吉が唖然とした。

「すでにお二人は死人でございまする。死人は生き返りませぬ」

「とは申すが、あの二人を担ぎ出そうとする者はこれからも出よう。越前の隠居と同じようにな。とくに甲府が動けばまずい」

綱吉が危惧を語った。

「お血筋を騙《かた》る者はいつもおりまする。どこの大名家でも落胤《らくいん》の問題は起こりまする。そして、結果はいつも決まっておりまする。落胤を名乗った者の死」

跡継ぎのいない大名家ならまだしもだが、そうでなければ落胤など御家騒動の原因でしかない。御家騒動は藩の存亡にかかわる。となれば、後腐れなく始末してしまうのが良策になる。

「公にあの二人が円明院と姫であるという証はございませぬ。たとえ甲府が、二人に手出しをしても、上様は無視しておられればよろしゅうございまする。もし、あの二人を表に出してきたならば、そのときこそ天下を騒がせる者として甲府を糾弾できまする」

円明院と姫の二人に付けていた敬称を柳沢保明が外した。

「なるほどな。証がなければ、偽者だ。ふむ、目障りな甲府を潰す種にもできるか」

「さようでございまする」

柳沢保明がうなずいた。

「これが和子さまならば、片付けておくべきかと。しかし、姫では将軍になれませぬ」

「わかった。二人は放置いたせ」

綱吉が決断した。

「賢明なご判断と存じまする」

柳沢保明が平伏した。

「もう一つ、上様。天守閣を心からお望みでしょうや」

「躬の名を残したいと思う。これは男の本能であろう」

綱吉ができるならばと告げた。

「上様、男の本能は、子をなすことでございまする」

「わかっておるわ。しかし、できぬものはいたしかたあるまいが」

少し綱吉の機嫌が傾いた。

「神仏にも頼ったが、効果はなかった」

綱吉が小さく首を横に振った。

貞享三年（一六八六）、綱吉の母桂昌院《けいしょういん》の発案で、江戸城黒書院にて祈禱《きとう》がおこなわれた。表向きは天下安寧であったが、城中で祈禱がおこなわれるのは極めて異例であり、当時から綱吉の子宝祈願であると噂されていた。

「先ほどの話にも大きくかかわって参りまするが、上様にお子さまさえできれば、すべての懸念は一掃されまする」

「だが、できぬ。毎夜のように大奥で女を抱いておるのだぞ」

綱吉が声を荒らげた。

「先代さまより、お血筋さまが大奥で生まれておられませぬ。そして上様も、江戸城に入られてより、お血筋さまがおできになりませぬ。館林におられたときには、お二人もお作りになられたのに」

「言われてみればそうだの」

寵臣の意見に、綱吉が耳を傾けた。

「聞けばご母堂さまの帰依されている僧侶、隆光《りゅうこう》師が江戸へ来られたとか」

「ああ。母が通うに遠いと嘆くのでな、神田橋の外に一寺を建てた」

綱吉の母桂昌院は、三代将軍家光の側室であった。家光の死を受けて落飾《らくしょく》、常陸《ひたち》国知足院《ちそくいん》に入り、菩提を弔う日々を送っていたが、吾が子綱吉が将軍になったことで、江戸城三の丸へと移っていた。

隆光はその知足院の住職で、桂昌院の帰依が厚かった。

「そうか、隆光を招いて相談するもよいな」

綱吉が考えた。

「江戸城の大奥になにかの呪いがあるのではございませぬか。明暦の大火で建て直したどこかに問題があったのやも」

柳沢保明が述べた。

明暦の火事でほぼ壊滅した江戸城は、大奥を含め、そのほとんどを新築している。それ以来、将軍家の血筋が生まれていないのだ。柳沢保明の言葉には重みがあった。

「新たな天守を建てる前に一度、たしかめられてもよろしいかと」

「そうじゃの。あの大火の後、江戸城修復は急務であったゆえ、そのあたりのことが疎《おろそ》かになっているのやも知れぬ」

「はい。方角などを確かめてからなされば、かならずや上様の天守閣は、末代まで続きましょう」

柳沢保明が持ちあげた。

「末代まで躬の威光を示すか。うむ、うむ」

満足そうに綱吉が笑った。

「やはり、そなたが一番役に立つの。それに比して執政どもは、時間稼ぎのつもりか、あれ以降、一切先代の姫も天守閣も口にせぬわ」

綱吉が憤怒《ふんぬ》した。

「では、これで」

柳沢保明が手配のため、綱吉の前から下がった。


元禄三年（一六九〇）、三万石に加増された柳沢保明が、老中格になったのは元禄七年（一六九四）のことであった。将軍とはいえ、もと旗本の柳沢保明を執政にするには、それだけの手間がかかった。その四年後、柳沢保明は大老格となり、幕府の政治を一手に握る。

護持院《ごじいん》と改名した知足院住職隆光は、元禄八年に大僧正に上がり、ますます桂昌院の信仰を受け、幕政にも口を挟むようになる。

そして隆光は、綱吉に子ができないのは前世の因縁であり、それを解くにはすべての生きものを大切にすべしとして生類憐《しょうるいあわれ》みの令を出させた。

柳沢保明と隆光による壟断《ろうだん》は、やがて稀代の悪法生類憐みの令を強化し、江戸に犬小屋を設け、その維持に年数万両を使うなど常軌を逸していく。

越前隠居の松平綱昌は、鳥越屋敷に監禁され、柳沢保明が大老格になった七カ月後、三十九歳の若さで死去した。

子をなすことに必死になった綱吉は、信仰と生類憐みに没頭し、天守閣の再建まで手が回らなかった。

明暦の火事で焼け落ちた天守閣は、その後二百年以上続いた徳川幕府において再建されることはなかった。

己が生きていた証を求めた権力者の思いは、歴史の泡沫《うたかた》として夢、幻のように消え去ったのである。

解説

末國《すえくに》善己《よしみ》（文芸評論家）

工藤小賢太が帰ってきた！

上田秀人は、二〇〇一年、宝蔵院一刀流の達人・三田村元八郎が、幕府と朝廷がからむ巨大な陰謀に挑む『竜門の衛』でデビューした。その後、著者は、シリーズ化した元八郎の活躍を書き継ぎながら、二〇〇四年六月に、ふらりと現れた織江緋之介が、吉原を守るために戦う『悲恋の太刀　織江緋之介見参』を発表。そして同年十二月に刊行したのが、小賢太を主人公にした『幻影の天守閣』だったのである。

江戸城の天守閣は、慶長十二（一六〇七）年に徳川家康が建設し、元和九（一六二三）年に二代将軍秀忠が、寛永十五（一六三八）年に三代将軍家光が建て替えた。だが寛永の天守閣も、明暦の大火（一六五七年）で焼失。すぐに再建が計画され、現在も残る天守台の石垣が築かれたが、幕府の財政難と江戸市街の復興を優先する保科正之の方針によって、天守閣の建設は中止された。それから何度か再建計画が生まれるも、天守閣は建設されず現代に至っている。

だが、何かと先例を重視する幕政の弊害のためか、天守閣は存在しないのに、そこを警固する天守番なる役職が残されたのは史実である。著者が生んだ三人目のヒーロー小賢太は、この天守番なのである。

工藤家は、もともと四百石の知行所を持つ三河以来の旗本で、家格は将軍との謁見が許されるお目見えだった。しかし、小賢太の父がお役目で不始末をしでかし、俸禄百石でお目見え以下、無役の小普請入りを命じられる大左遷をされてしまう。十八歳で家督を継いだ小賢太にとって、家禄を戻し、家格を復すことは悲願となっていた。それから七年、母の実家で千五百石の旗本・菅原越前守正幸のつてで、ようやく摑んだ役職が、あってもなくても幕政には何の影響も与えない天守番だったのである。無役を脱した小賢太だが、閑職の天守番では手柄を立てる機会などないと考えていた。ところが小賢太は、夜の見回りの途中で、警戒厳重な江戸城内にある天守台に曲者を発見、襲いかかってきた敵三人を斬り伏せるのである。

実は小賢太は、無住心剣術を創始した針ヶ谷夕雲の最後の弟子で、極意「相抜け」の境地に達した達人。夕雲の死後も、道場を継いだ兄弟子の小田切一雲、一雲が後継者と目すほど天稟《てんぴん》に恵まれた弟弟子の真里谷円四郎と剣の修行を行っていたのだ。

時は四代将軍家綱の治政下。嫡男のいない家綱の側室お満流《まる》の方が懐妊したが、生まれてくるのが男子とは限らない。家綱の病が重くなるなか、老中たちは、お満流の方の出産に期待を寄せながらも、尾張、紀州、水戸の御三家のほか、甲府宰相、館林宰相などから次期将軍を選ぶべく動き始めた。そこに大老の酒井雅楽頭が、宮家から将軍を迎えるという驚天動地の提案をし、これを強引に進めるため謀略を駆使し始める。

大留守居の北野薩摩守に曲者の正体の探索を命じられた小賢太は、その過程で、賊に襲われたお満流の方を助ける。お満流の方に気に入られた小賢太は、大奥を警備する御広敷添番へ異動。これで、次期将軍争いでお満流の方派に付いたと見なされた小賢太は、各派が送り込む念流、居合い術、直心影流、柳生新陰流などを使う刺客と対決。さらに曲者が現れた天守台には、戦国時代にまで遡る秘事が隠されていたことも分かってくる。

『竜門の衛』の元八郎は、初登場した時には江戸南町奉行所の同心。事件の背後に、八代将軍吉宗と尾張徳川家の宗春との確執がからむ展開は、吉川英治『隠密七生記』を持ち出すまでもなく、伝奇小説ではお馴染みの設定である。また吉原を舞台に、謎の多い緋之介が活躍する『悲恋の太刀』は、おそらく隆慶一郎の名作『吉原御免状』へのオマージュだろう。これに対し、有名とはいえない役職・天守番の小賢太が、権力抗争に巻き込まれる『幻影の天守閣』は、奥右筆組頭が陰謀に挑む〈奥右筆秘帳〉、将軍の体に刃物をあてることを認められたお髷番を主人公にした〈お髷番承り候〉、刑罰で没収した財産を売却する闕所物奉行を描いた〈闕所物奉行裏帳合〉など、幕府の珍しい役職に着目した武家もの、伝奇もののシリーズで人気作家になった著者の原点といっても過言ではない。その意味で、デビューから試行錯誤を繰り返していた著者が、自分の方向性を決めたのが『幻影の天守閣』といえるのである。

これだけ重要な作品でありながら、小賢太の活躍は、著者の文庫書下ろしのなかでは、唯一、シリーズ化されなかった。確かに『幻影の天守閣』は、続編が書き難い幕切れになっていたのは間違いない。ただ物語のラストには、何とか五代将軍になった綱吉が、将軍就任に反対した一派を粛清し、支持派の重鎮が没した後は、長年押さえつけられていた鬱憤を晴らすかのように、権力を弄び、苛烈な独裁制を敷いた事実が指摘されていた。それだけに、暴君と戦うため、私利私欲のない小賢太のような快男児を必要とする人たちがいるのでは、と考える読者も多かったように思える。

『幻影の天守閣』の刊行から十一年の時が流れ、ベストセラー作家として円熟味を増した著者がついに着手したのが、待望の続編となる本書『夢幻の天守閣』なのである。これは小賢太の復活を待ちわびた古くからの著者のファンはもちろん、時代小説を愛するすべての読者への朗報となる。しかも著者は、前作を加筆、修正した新装版も刊行したので、これを機に、シリーズをまとめて読むことをお勧めしたい。

前作から八年後（これは続編刊行まで読者が待たされた空白期に近い）。再び小普請に戻った小賢太は、前作のラストに迎えた妻と連れ子の沙代、妻との間に生まれた長男の小市郎、次女の順と、貧しいながら平穏な毎日を送っていた。無住心剣術の道統は、小田切一雲との対決を制した真里谷円四郎が継いだが、厳しい稽古と、天才ゆえ凡人に上達のための助言ができない円四郎の性格が災いして、道場は相変わらず貧しいままだった。小賢太は、時おり道場へ赴いては指導の手伝いをし、娘の沙代には薙刀を教えていた。

その頃、五代将軍綱吉は、兄で四代将軍の家綱と同じ悩みを抱えていた。まだ、嫡男に恵まれていなかったのだ。そんな時、亡くなったはずの円明院（お満流の方の法名）と、その娘が生きているとの噂が流れる。綱吉に寵愛され、側用人になったばかりの柳沢出羽守保明（後の吉保）は、円明院と娘が反綱吉派の手に渡ると、再び徳川一門を割る次期将軍争いに発展する危険があると考え、隠居して止斎と号している北野薩摩守に話を聞いたり、幕府の記録管理する右筆の立岡伊之介に過去の事情を調べさせたりする。その結果、円明院の護衛を務めた元御広敷番の小賢太が、円明院と娘の生死、生きていればその行方を知っていると確信。小賢太の周囲に魔の手を伸ばし始めるのである。

著者は、デビュー作『竜門の衛』から一貫して〝家の継承〟というテーマを描いてきたが、それは本書でも重要な役割を果たしている。

徳川幕府では、将軍は一種の権威であり、実際の政治は老中を筆頭とする官僚が行うことが多かった。将軍は武家の象徴で、それを保証する家康の血統が重要なら、直系が絶えれば御三家なり、分家なりから輪番で将軍を選べばいい。反対に将軍に能力を求めるのであれば、現将軍が有能でも、子が同じく優秀か分からないのだから、徳川一門のなかから、最も英邁《えいまい》な人物を選べばいい。合理的な判断をすれば、この二通りしか道がないはずなのだが、徳川幕府では、五代将軍に続き、六代将軍の選定でも壮絶な抗争が繰り広げられていく。これは、己の血を引く息子に将軍の権威と権力を残したいという綱吉の〝妄執〟と、次期将軍の擁立にかかわることで、子々孫々まで、自分が築いた地位と名誉を残したいと考える官僚たちの〝妄執〟が原因になっている。

失策で俸禄と家格を落とし、失意のなかで亡くなった父の無念を知る小賢太も、工藤家を四百石の旗本に復帰させるという〝妄執〟を持っていた。だが、妻と三人の子供に囲まれる幸福な毎日を送るうちに、子供に真に残すべきは俸禄、家格という物理的な財産ではなく、両親に愛されて育った記憶、親子で一緒に遊んだり、学んだりして積み重ねた知識や経験といった精神的な財産ではないかと考えるようになる。

沙代に教えている薙刀は、まさに無住心剣術を学んだ小賢太が娘に与えられる最大の精神的な財産にほかならない。だが流派の道統を継いだ真里谷円四郎は、師の一雲に自分という天才の弟子がいたのとは裏腹に、自分には極意を授ける能力を持った弟子がいない現実に直面していた。

上は将軍から下は町の道場主まで、様々なレベルで〝家の継承〟に悩む人物が出てくるので、本書を読むと否応なく次の世代に残すべきものとは何かを考えることになるはずだ。

さらにいえば、小賢太は長女の沙代とは血の繋がりはなく、長男の小市郎、次女の順とは血縁関係があるが、三姉弟を区別することなくかわいがっている。一方、綱吉は直系の男子に将軍を継がせようとする。この対比は、家族に大切なのは血の繋がりなのか、それとも一緒に暮らす人間が愛し合う情なのかを問い掛けているのである。

次期将軍争いを加熱させる綱吉と側近の官僚集団は、子供に残す俸禄を増やし地位を上げることばかりに汲々とし、武家は、町人や農民、職人のように生産に関与しないのだから、武家の頂点に立つ者は、庶民が安心して仕事に従事できる社会を作るという本来の責務を忘れてしまう。そして自分の権力を維持発展させるため、国の無策の原因が生んだ浪人を雇い、同じく無役の小賢太を襲撃させるのである。

この展開は、世襲が進み、幼い頃からエリートコースを歩んできたがゆえに下々の苦労を知らない国会議員が増え、だからこそ政治が、失業者対策、派遣社員の正社員化といった格差解消に消極的に見える現状への、痛烈な皮肉に思えてならない。それだけに、為政者の思惑で無役になった小賢太が、血と汗を流して習得した技能・無住心剣術を使って、権力者の横暴に立ち向かう後半の活劇が、痛快に思えるのである。

綱吉は将軍の権威のシンボルとして、天守閣の再建を思い付き、保明は権力欲に取り憑かれた綱吉の〝妄執〟を出世の足がかりにしようとする。終盤には、綱吉の実母・桂昌院が子供が生まれない我が子を心配し、僧の隆光に相談。桂昌院の帰依が深まるにつれ、隆光も綱吉の政治に影響を与えるようになったことが暗示されている。

再び、幻の江戸城天守閣が生み出す〝妄執〟によって死地に引き出された小賢太が、独裁体制を強め、継承者がいない現実に苦しむ綱吉と、将軍を補佐する保明がめぐらす陰謀にどのように立ち向かうのか？　ようやく極意を継承させるに足る天才を見つけた真里谷円四郎と無住心剣術の今後は、小賢太の運命にどんな影響を与えるのか？　続きが気になるラストになっているだけに、シリーズの今後が楽しみでならない。

光文社文庫

文庫書下ろし／長編時代小説
夢幻《むげん》の天守閣《てんしゆかく》
著者　上《うえ》田《だ》秀《ひで》人《と》

2015年12月20日　初版1刷発行

発行者　鈴木広和
印刷　萩原印刷
製本　ナショナル製本

発行所　株式会社 光文社
〒112-8011　東京都文京区音羽1-16-6
電話（03）5395-8149　編集部
8116　書籍販売部
8125　業務部

ISBN978-4-334-77220-8　Printed in Japan

組版　萩原印刷

お願い　光文社文庫をお読みになって、いかがでございましたか。「読後の感想」を編集部あてに、ぜひお送りください。
このほか光文社文庫では、どんな本をお読みになりましたか。これから、どういう本をご希望ですか。どの本も、誤植がないようつとめていますが、もしお気づきの点がございましたら、お教えください。ご職業、ご年齢などもお書きそえいただければ幸いです。当社の規定により本来の目的以外に使用せず、大切に扱わせていただきます。

光文社文庫編集部